365夜古诗词

尹士栋　编著

天津出版传媒集团

天津人民出版社

图书在版编目（CIP）数据

365 夜古诗词 / 尹士栋编著 . -- 天津：天津人民出版社，2022.4

ISBN 978-7-201-18343-5

Ⅰ . ① 3… Ⅱ . ①尹… Ⅲ . ①古典诗歌 — 诗集 — 中国 — 少儿读物 Ⅳ . ① I222.72

中国版本图书馆 CIP 数据核字（2022）第 060983 号

365 夜古诗词

365 YE GU SHI CI

出　　版　天津人民出版社
出 版 人　刘　庆
地　　址　天津市和平区西康路 35 号康岳大厦
邮政编码　300051
邮购电话　（022）23332469
电子信箱　reader@tjrmcbs.com

责任编辑　章　赪
封面设计　吴韦韦

印　　刷　三河市国新印装有限公司
经　　销　新华书店
开　　本　787 毫米 ×1092 毫米　　　1/16
印　　张　16
字　　数　260 千字
版次印次　2022 年 4 月第 1 版 2022 年 4 月第 1 次印刷
定　　价　68.00 元

前 言

回望中国古典文学史，最早的诗歌作品是《尚书》《周易》中的上古歌谣与《诗经》《楚辞》，往下是汉魏六朝古诗，然后是作为中国古典诗歌巅峰的唐宋诗词和元曲。

在古诗启蒙中，我们的视野要足够开阔。在时间跨度上，要看到五千年中华文明史。在诗歌体裁上，从古诗、乐府、绝句、律诗到词、曲，要众体皆备。为儿童选诗，还要基于儿童心理学的角度，考虑孩子的生活经验、知识基础、认知方式和情感特点等因素，以及儿童在学习方式、学习能力、学习趋向、知识建构、技能培养等方面的特点。

《365夜古诗词》（第一季）是为小学二年级以下的孩子准备的启蒙诗集，共收诗词曲365首，参照公历分为12辑，每辑诗歌数量参照当月天数，一、三、五、七、八、十、十二月31首，二月28首，四、六、九、十一月30首。这个数量与当代儿童的学习能力是匹配的。

在《365夜古诗词》中，我们选诗的首要原则便是降低难度，而难度指标的重要维度就是字数。在书中，五言绝句占比50%，七言绝句占比30%；律诗字数最多，但每辑只有七律一首，五律二首，而且律诗和词、曲占比仅为20%。另外，生僻字、典故和修辞也是导致难度增加的原因。第二，诗歌体裁多样，合乎孩子好动爱变的天性。在本书中，汉魏古诗、五言绝句、七言绝句、五言律诗、七言律诗、词、曲等各种体裁都有，丰富多样，生动活泼；所选词曲均为短调、小令，清新可爱。第三，入选作品大多节奏欢快，色调明朗，通达舒畅，符合儿童的心理特点。尽量少选那些沉郁、悲痛、幽怨的优秀作品，让孩子年龄稍大之后再去接触。第四，配合节气时令编诗，尽量让诗作与节气时令一致，把诗歌学习与生活结合起来。偶有例外，也可得穿越之趣：夏日读咏雪诗，倍感清凉；冬日读避暑诗，暖意盎然。

在此需要说明，我们是刻意不为诗歌配图的。不配图，孩子就会通过文字去想象；一旦配了图，孩子就会接受那幅图，而不再去想象了。这是两种阅读方式。

如果配了图，孩子就会被图禁锢住，很难脱离出来，从此很难再有自己的想象空间。自幼失去想象力，是很可悲的。更重要的是，丧失了对文本的敏感，丧失了基于文字进行思考和想象的能力。而这种能力恰恰就是阅读能力。本书不为诗歌配图，奥妙就在这里。

《中国诗词大会》的学术总负责人李定广教授认为，学诗词要从娃娃抓起。他说："古诗词的学习，特别强调以'诵读'为基础，也就是要大声地朗读和背诵，要能尽量多地背诵下来。"现在，这一理念已经成为共识。他指出："古诗词的读音与平仄格律、韵脚、特殊含义等相关联，与读古文不是一回事，决不能轻视或忽视读音问题。一旦读错，容易先入为主，以后很难纠正。"他举了"看"和"论"两个例子。"相看两不厌""青鸟殷勤为探看"中的"看"都应当读一声 kān（作动词，意为视、看。鉴于"看"字极其常见，且旧音无新意，我们主张除韵脚处的"看"字读一声外，在其它位置用此义项的"看"字，可仍遵照习惯读四声，以免与现实语言应用产生过多矛盾），而"心将静者论""分明怨恨曲中论"中的"论"都应当读二声"lún"（作动词，意为议论、评论、辩论，据《辞源》旧读此音）。

普通话是当代通行的口语，却不是古典诗歌的音韵标准。古人写诗的时候并没有普通话。再者，古人在作诗的时候必须讲音韵，写古文则不必。诗人在平仄、韵脚等方面用了很多心思。所以在音韵方面，读古文可以放宽要求，读诗词却应当多多关注。

尹士栋

2021 年 8 月

目 录

365夜古诗词

第1辑

1. 登鹳雀楼①

[唐] 王之涣

白日依山尽，②   依着山峦，夕阳沉没，

黄河入海流。   黄河滔滔，奔流入海。

欲穷千里目，③   要想览尽，千里风光，

更上一层楼。④   须登上，更高的楼台。

[注释] ①鹳雀（guànquè）楼：楼名，一作"鹳鹊楼"。传说常有鹳雀在此停留，因此得名。鹳雀楼原在山西蒲州府（今山西省运城市永济市）西南，共三层，前对中条山，下临黄河，后被河流冲没。鹳雀：鹳，似雁而大，长颈赤喙，白身，黑尾翅。②白日：太阳。依：依傍。③穷：穷尽，达到极点。④更（gèng）：再，继续。

2. 鹿柴①

[唐] 王维

空山不见人，   山中空寂看不见人，

但闻人语响。②   但能听到人声在响。

返景入深林，③   夕阳光辉映入深林，

复照青苔上。   又映照在青苔之上。

[注释] ①鹿柴（zhài）：辋川二十景之一。唐代诗人王维曾隐居在辋（wǎng）川别业（在今陕西省西安市蓝田县）。这是王维《辋川集》绝句二十首中的第五首。柴：同"寨"，指用于防守的栅栏、篱笆。②但：只，仅。闻：听见。③景：落日的回光。返景：夕阳射向东方的光线。《初学记》卷一："日西落，光反射于东，谓之反景。"

3. 早春

[唐] 白居易

雪散因和气，①	积雪消融，因受温和之气，
冰开得暖光。②	冰封开解，缘得暖阳之光。
春销不得处，③	唯有一处，春风竟消不得，
唯有鬓边霜。④	吾衰甚矣，两鬓白发如霜。

[注释] ①雪散（sàn）：积雪消融。和气：指春季阴阳交合之气。古人认为，春天的时候阳气上升，阴气下降，天地气交，化物化生。②冰开：冰融化。③销：销耗，销灭。这里指春天结束。④鬓（bìn）边霜：鬓边的白发。

4. 夜雪

[唐] 白居易

已讶衾枕冷，①	我心颇讶异，枕被皆已冷。
复见窗户明。	积雪相映照，又见窗户明。
夜深知雪重，②	未觉夜已深，却知雪甚重。
时闻折竹声。③	不时可听得，竹竿折断声。

[注释] ①讶：惊讶。衾（qīn）枕：被子和枕头。衾：被子。②雪重（zhòng）：雪很沉重，代指雪下得很大。③时闻：时常听到。时：时常，经常。折（zhé）竹声：指大雪压断竹子的声响。

5. 早春／忆江南 ①

[唐] 许浑

云月有归处，　　云和月都有自己的归处，

故山清洛南。②　我的故乡在清清洛水南。

如何一花发，　　为什么姹紫嫣红花一放，

春梦遍江南？　春天的梦里全都是江南？

[注释] ①诗题又作"长安早春忆江南"。故山：故乡。古代也用作"旧山"。②洛南：洛阳之南，指作者故乡江苏一带。

6. 风

[唐] 李峤

解落三秋叶，①　能够吹落秋之叶，

能开二月花。②　可以催开春之花。

过江千尺浪，　千尺江面层层浪，

入竹万竿斜。③　万竿竹林尽吹斜。

[注释] ①解（jiě）：解开，分散。解落：吹落，散落。三秋：秋季。每个季节的三个月，依次是孟、仲、季月；秋季也如此，故称"三秋"。②二月：农历二月，这里代指春季。③斜：倾斜，不正。

7. 春晓

[唐] 孟浩然

春眠不觉晓，ⅰ　　　春日沉睡，忽然天已亮，

处处闻啼鸟。ⅱ　　　室外处处，一片鸟啼鸣。

夜来风雨声，ⅲ　　　昨夜不休，风吹雨打声，

花落知多少。　　　　花瓣飘摇，吹落风雨中。

[注释] ①晓：天明，天亮。春晓：春天的清晨。②啼（tí）：鸣叫。③夜来：入夜以来，即昨夜。

8. 静夜思

[唐] 李白

床前明月光，ⅰ　　　床前洒着银色的月光，

疑是地上霜。ⅱ　　　好像霜，降在大地白茫茫。

举头望明月，ⅲ　　　抬头仰望高高的明月，

低头思故乡。　　　　不禁低头，思念我的家乡。

[注释] ①床：井台。南朝梁简文帝《代乐府·双桐生空井》："还看西子照，银床牵辘轳。"《宋书·乐志四·淮南王篇》："后园凿井银作床，金瓶素绠汲寒浆。"一说，床指的是井栏杆。这首诗写的是诗人夜里起来，在院中井边散步时的感想。②疑：似，好像。③举头：抬头。

9. 天涯

[唐] 李商隐

春日在天涯，①　　春日人远在天涯，

天涯日又斜。　　天边红日渐西斜。

莺啼如有泪，②　　啼鸣黄莺如有泪，

为湿最高花。③　　为我打湿最高花。

[注释] ①天涯：本句与下句中的"天涯"是不同的。本句的"天涯"是指遥远的天边，指诗人客居他乡；下句中的"天涯"指眼前的天边。二句用"顶针"格。②莺啼如有泪：本来莺啼是悦耳的，可此情此景下，诗人却感觉像哭。暗含着诗人的眼泪已流干，只有托黄莺寄情。③为（wèi）湿：为我打湿。最高花：树梢上的花，即开到最后的花。

10. 池上

[唐] 白居易

小娃撑小艇，①　　小孩撑着小船，

偷采白莲回。　　偷采白莲回来。

不解藏踪迹，②　　不知掩藏踪迹，

浮萍一道开。③　　浮萍被船划开。

[注释] ①艇（tǐng）：轻便 小船。②不解：不懂，不会。③浮萍：浮生在水面的萍草，叶子椭圆形，下有须根。

11. 元日

[唐] 司空图

甲子今重数，①　　平生已过几十载，

生涯只自怜。　　残年无多空自怜。

殷勤元日日，②　　忙忙碌碌初一日，

欹午又明年。③　　下午齐来迎新年。

[注释] ①甲子：岁月，年岁。甲为天干首位，子为地支首位，用干支依次相配，如甲子、乙丑，可得六十数，统称为六十甲子。由于甲子用来纪年月，于是将甲子作为岁月、年岁的代称。数（shǔ）：数算，计算。②殷（yīn）勤：勤奋，勤劳。元日：一年的第一日，即农历正月初一。③欹（qī）午：指太阳过午偏西。欹：斜，倾斜。

12. 画

[唐] 王维

远看山有色，①　　远看山，景色秀丽，

近听水无声。　　近听水，寂静无声。

春去花还在，②　　春天过了，花还在开，

人来鸟不惊。　　人走近前，鸟儿不惊。

[注释] ①色：景色，景象。②去：过去，逝去。

13. 江雪

[唐] 柳宗元

千山鸟飞绝，　　　　　千万座山上，鸟已飞尽了，

万径人踪灭。^①　　万千条路上，人迹都不见。

孤舟蓑笠翁，^②　　孤舟之上，渔翁披蓑戴笠，

独钓寒江雪。　　　　　独自垂钓，江雪空寂苦寒。

[注释] ①千山：一千座山。万径：一万条路。"千山"和"万径"都是虚指，言其数量之多。绝：尽，无，断绝。②蓑笠（suōlì）：蓑衣和斗笠。蓑：用草编成的雨衣。笠：用来防晒防雨的帽子，多用竹篾编成。

14. 春雪

[唐] 刘方平

飞雪带春风，　　　　　春风挟飞雪，

裴回乱绕空。^①　　旋舞上高空。

君看似花处，^②　　君看赏雪者，

偏在洛城中。^③　　偏在洛阳城。

[注释] ①裴回：徘徊（páihuái），往返回旋的样子。这里指雪花飘舞，飞来飞去。②似花处：指雪花落在树枝上，就像盛开的梨花。③洛城：洛阳。

15. 梅花

[宋] 王安石

墙角数枝梅，　　　　　　　在墙角那里的数枝梅花，

凌寒独自开。^①　　　　不惧严寒在孤傲地盛开。

遥知不是雪，^②　　　　虽在远处也知它不是雪，

为有暗香来。^③　　　　因为阵阵幽香飘了过来。

[注释] ①凌（líng）寒：冒着严寒。凌：面临，冒着。②遥：远。③为（wèi）：因为，原因是。暗香：清幽的香气。

16. 山村咏怀

[宋] 邵雍

一去二三里，^①　　　　独自漫步二三里，

烟村四五家。^②　　　　烟笼小村四五家。

亭台六七座，^③　　　　经过亭台六七座，

八九十枝花。　　　　　　　绽放八九十枝花。

[注释] ①去：离开，相距。②烟村：烟雾笼罩的村子。③亭台：泛指供人们游玩时休息、观景的建筑物。

17. 早春／呈／水部张十八员外 ①

[唐] 韩愈

天街小雨润如酥，②　　　京城大街，小雨细润如酥，

草色遥看近却无。　　　　草色远望葱郁，近看却无。

最是一年春好处，③　　　正是一年，春色最美之时，

绝胜烟柳满皇都。④　　　翠柳风姿绝美，尽在皇都。

[注释] ①呈：恭敬地送给。水部张十八员外：张籍（约 767—约 830 年），在家族兄弟中排行第十八，因此称"张十八"，曾任水部员外郎。②天街：京城的街道。润如酥（sū）：细腻如酥油。酥：动物的油脂，这里比喻春雨的细腻。③处：地方，场所。④绝胜：极妙，绝美。皇都（dū）：帝都，这里指唐朝的都城长安。

18. 江南春 ①

[唐] 杜牧

千里莺啼绿映红，②　　　千里莺啼，绿与红相映，

水村山郭酒旗风。③　　　水村山城，酒旗飐风中。

南朝四百八十寺，④　　　南朝寺庙，四百八十座，

多少楼台烟雨中。⑤　　　楼阁亭台，烟雨迷濛濛。

[注释] ①诗题又作"江南春绝句"。②莺啼：黄莺啼鸣。③郭：外城。这里泛指城镇。酒旗：一种挂在门前的幌子，作为酒店的标记。④南朝（cháo）：指先后与北朝对峙的宋、齐、梁、陈四个政权。四百八十寺：南朝皇帝和贵族好佛，在京城（今南京市）大建佛寺。《南史》记载："都（dū）下佛寺五百余所，穷极宏丽。"诗里说"南朝四百八十寺"，已经很接近真实数字了。⑤楼台：楼阁亭台，这里泛指佛寺建筑。烟雨：形容细雨濛濛，如烟如雾。

19. 游园不值①

[宋] 叶绍翁

应怜屐齿印苍苔，②　　或许是担心，木屐伤青苔，

小扣柴扉久不开。③　　轻轻敲柴门，久久却不开。

春色满园关不住，　　满园的春色，关也关不住，

一枝红杏出墙来。　　一枝红杏花，伸到墙外来。

[注释] ①值：遇到，碰上。游园不值：想游园却没碰到主人，没能进门。②应（yīng）：应当，大概是。表示猜测。怜：怜惜，爱惜。屐（jī）齿：鞋底前后的高跟。屐：木鞋，底有二齿，以便在泥地中行走。也泛指鞋。③小扣：轻轻地敲门。柴扉（fēi）：柴门。

20. 咏柳

[唐] 贺知章

碧玉妆成一树高，①　　碧玉般柳叶妆饰着树，

万条垂下绿丝绦。②　　垂下千万嫩绿的柳条。

不知细叶谁裁出，③　　不知是谁裁出这细叶，

二月春风似剪刀。④　　二月的春风就像剪刀。

[注释] ①碧玉：碧绿色的玉。这里用来比喻春天嫩绿的柳叶。妆：打扮，修饰。一树：满树。一：满，全。②绦（tāo）：用丝编成的丝带或丝绳。③裁（cái）：裁制，剪裁。④似（sì）：如同，好像。

21. 绝句

[唐] 杜甫

两个黄鹂鸣翠柳，①　　　　两只黄鹂鸣叫在柳树翠枝间，

一行白鹭上青天。②　　　　一行白鹭飞上瓦蓝瓦蓝的天。

窗含西岭千秋雪，③　　　　透窗可见西岭上的千年积雪，

门泊东吴万里船。④　　　　门前停泊着远自东吴的客船。

[注释]①黄鹂（lí）：鸟，也叫"鸧鹒"或"黄莺"，中型鸣禽；喙红色或黄色，长而粗壮；体羽鲜丽，多为黄色，间有黑色；鸣叫的声音很好听。②白鹭（lù）：鸟，鹭科白鹭属，其中的大白鹭、中白鹭、小白鹭和黄嘴白鹭四种体羽皆白，习惯上被称为"白鹭"。白鹭常常单飞或成对飞行，有时集成小群飞行，偶尔也有几十只一起飞行的。③西岭：西岭雪山。千秋雪：指西岭雪山上千年不化的积雪，夸张的说法。④泊（bó）：停泊。东吴：古代吴国的领地，今长江中下游一带。万里船：不远万里开来的船只。

22. 春日偶成

[宋] 程颢

云淡风轻近午天，①　　　　云儿淡淡风儿轻，快到中午天，

傍花随柳过前川。②　　　　走在红花绿柳中，来到小河边。

时人不识余心乐，③　　　　人们不懂我心中，何以有此乐，

将谓偷闲学少年。④　　　　以为我学少年人，忙里且偷闲。

[注释]①云淡：云彩轻淡。风轻：小风轻柔。午天：中午的时刻。②傍（bàng）：依靠，靠近。随：沿着，顺着。傍花随柳：在红花与绿柳之间漫步。川：河流。③余：我，第一人称代词。④将：乃，就。谓：说。偷闲：忙中取闲。

23. 早春

[宋] 白玉蟾

南枝才放两三花，①　　　南面的枝条，刚绽放两三朵花，

雪里吟香弄粉些。②　　　雪中咏幽香，赏玩芬芳的梅花。

淡淡著烟浓著月，③　　　淡淡如飘过烟，浓浓像照着月，

深深笼水浅笼沙。④　　　深深若笼着水，浅浅似覆着沙。

[注释] ①南枝：面向南的梅枝。②吟（yín）：吟咏。弄：玩弄，游戏。粉：白色，也指粉红色。梅花花瓣的颜色，从白色到粉红色都有。些：少许，一点儿。③著（zhuó）：同"着"，附着，依着。④笼（lǒng）：笼罩。

24. 元日 ①

[宋] 王安石

爆竹声中一岁除，②　　　爆竹声中，旧的一年过去，

春风送暖入屠苏。③　　　春风吹拂，将屠苏美酒温暖。

千门万户曈曈日，④　　　千家万户，沐浴在朝阳的光辉中，

总把新桃换旧符。⑤　　　又把旧桃符摘下，换上新桃符。

[注释] ①元日：农历正月初一。②爆竹：古古时以火燃竹，毕剥有声，称为爆竹，用来驱鬼。后世用纸卷火药，点燃发声，也称"爆竹"或"爆仗"。一岁除：一年已经过完了。除：去掉，过去。③屠苏：酒名，也作"酴酥""屠酥"。古代风俗，农历正月初一饮屠苏酒，以驱邪避瘟，求得长寿。④千门万户：千家万户。曈（tóng）曈：日初出时渐明的样子，也泛指日月光明的样子。⑤桃：桃符，绘有神像、神兽或祝祷字句的桃木板，后来也用其他木板或纸等代替桃木。五代后蜀时，在桃木板上书写联语，其后改在纸上书写，演变为后来的春联。

25. 绝句

[宋] 僧志南

古木阴中系短篷，①　　古木树荫浓，悠然系短篷。

杖藜扶我过桥东。②　　杖藜在我手，扶我过桥东。

沾衣欲湿杏花雨，③　　沾衣杏花雨，润润复轻轻。

吹面不寒杨柳风。④　　吹面无寒意，正是杨柳风。

[注释] ①系（jì）：连接。篷（péng）：船帆与船的代称。短篷：小船。②藜（lí）：一年生草本植物，茎秆直立，成熟后可做拐杖。杖藜：持藜茎为杖，泛指挂杖而行，也指拐杖。③杏花雨：清明前后杏花盛开时节的雨。④杨柳风：古人把应花期而来的风，称为"花信风"。从小寒到谷雨共二十四候，每候对应一种花信，总称"二十四花信风"。其中，清明节尾期的花信是柳花，称"杨柳风"。

26. 湖上 ①

[宋] 徐元杰

花开红树乱莺啼，②　　红花满树，欢快的黄莺在叽喳乱啼，

草长平湖白鹭飞。③　　青草葱郁，平静的湖面上白鹭翻飞。

风日晴和人意好，④　　微风暖阳天气，游人的心情也很好，

夕阳箫鼓几船归。⑤　　暮色里，箫鼓中，人们划船尽兴归。

[注释] ①湖：这里指杭州西湖。②红树：开红花的树。乱莺啼：指处处可听见黄莺的鸣叫。③长（zhǎng）：生长，成长。④人意：人的情绪，游人的心情。⑤箫鼓：吹箫打鼓，指游船上奏乐。几船归：有很多船归去。

27. 望月怀远 ①

[唐] 张九龄

海上生明月，天涯共此时。

海上升起一轮明月，人各天涯同在此时。

情人怨遥夜，竟夕起相思。②

有情之人怨夜太长，彻夜不眠相念相思。

灭烛怜光满，披衣觉露滋。③

熄灭蜡烛怜爱光满，披衣感觉寒露润滋。

不堪盈手赠，还寝梦佳期。④

无法赠你满手月华，期盼梦里会于佳期。

[注释] ①怀远：怀念远方的亲人。②情人：感情深厚的朋友。一说指作者自己，又一说指亲人。怨遥夜：因离别而失眠，以至抱怨夜长。遥夜：长夜。竟夕：通宵，整夜。夕：夜晚，也指傍晚。③怜光满：爱满屋的月光。怜：爱，宠爱。滋：润泽。④盈手：满手。这里指用双手捧满。盈：满。寝（qǐn）：睡。

28. 送杜少府／之任蜀州 ①

[唐] 王勃

城阙辅三秦，风烟望五津。②

长安城被三秦之地拱卫，透过风烟遥望蜀地五津。

与君离别意，同是宦游人。③

和你离别心中满怀情意，在宦海中我们一同浮沉。

海内存知己，天涯若比邻。④

只要世上还有人生知己，纵使远在天涯也近如邻。

无为在歧路，儿女共沾巾。⑤

岔路口分别时请勿哭泣，别像多情男女泪湿衣巾。

[**注释**]①诗题又作"送杜少府之任蜀川"或"杜少府之任蜀州"。②城阙（què）：城市，多指京城。这里泛指当时的京城长安及附近地区。辅：京畿，国都所在地及其行政官署所管辖的地区。三秦：地名，故地在今陕西省一带。项羽破秦入关，三分秦关中之地，合称三秦。后来泛指关陕一带为三秦。五津（jīn）：指今四川省都江堰市至犍为县岷江上的五个渡口。这里代指蜀地。③宦（huàn）游人：外出求官或做官的人。④海内：古人认为中国疆土四面环海，故称中国为"海内"，如同说"天下"。天涯：天的边际，指极远的地方。比邻：近邻。⑤无为（wéi）：不要。歧（qí）路：岔路，指分手处。

29. 黄鹤楼①

[唐] 崔颢

昔人已乘黄鹤去，此地空余黄鹤楼。②

仙人已乘黄鹤飞去，此地空余巍巍高楼。

黄鹤一去不复返，白云千载空悠悠。③

黄鹤一去不再回还，白云千载空自悠悠。

晴川历历汉阳树，芳草萋萋鹦鹉洲。④

汉阳晴川树木清晰，芳草茂盛鹦鹉芳洲。

日暮乡关何处是？烟波江上使人愁。⑤

暮色沉沉家在何处？江雾茫茫我心忧愁。

[注释] ①黄鹤楼：故址在今湖北省武汉市蛇山的黄鹄矶，临长江。相传始建于三国时，历代屡毁屡建。传说仙人子安曾乘黄鹤经过，故得名。另一说，蜀人费祎登仙，曾驾黄鹤在此休憩。②昔人：传说中驾鹤的仙人。乘（chéng）：坐，驾。③悠悠：形容非常遥远，无穷无尽。④晴川：阳光照耀下的原野。川：既指河流，也指平原、原野，这里指平原、原野。历历：指清晰可数的样子。萋（qī）萋：形容草木茂盛的样子。鹦鹉（yīngwǔ）洲：在今湖北省武汉市武昌区以西的长江中。⑤乡关：故乡。烟波：雾霭苍茫的水面。

30. 如梦令·常记溪亭日暮①

[宋] 李清照

常记溪亭日暮，②

常忆起，溪边小亭玩到日暮，

沉醉不知归路。③

太沉迷，以致忘了回家的路。

兴尽晚回舟，④

玩到尽兴才乘舟返回，

误入藕花深处。⑤

却迷路进了荷花深处。

争渡，⑥争渡，

赶紧划过去，赶紧划过去，

惊起一滩鸥鹭。⑦

水声惊起满滩的鸥鹭。

[注释] ①如梦令：词牌名。②常记：常常回想起。溪亭：溪边的亭子，临水的亭台。③沉醉：沉浸，形容沉浸在某种事物或者某种境界中。④兴（xìng）尽：已经尽兴，尽了兴致。回舟：乘船而归。⑤藕（ǒu）花：荷花。⑥争（zhēng）渡：奋力划船渡过。渡：过江河，从水面上过去。⑦鸥鹭（lù）：鸥鸟和鹭鸟，这里泛指水鸟。

31. 如梦令·昨夜雨疏风骤

[宋] 李清照

昨夜雨疏风骤，①

昨夜雨丝稀疏，大风急骤，

浓睡不消残酒。②

酣睡一夜，仍有余醉未消。

试问卷帘人，③

询问卷帘侍女，

却道海棠依旧。

却说海棠照旧。

知否？知否？

知道吗？知道吗？

应是绿肥红瘦。④

现在绿叶繁茂，红花凋零。

[注释] ①疏：稀疏。骤（zhòu）：急速。②浓睡：酣睡。残酒：还未消散的酒力。③试问：和霭地询问，轻轻地询问。卷帘人：古代多指闺房内的侍女。因为她在主人进出时帮着把帘子卷起或撩开以便通过，所以得名。卷帘：卷起帘子，或把帘子撩开。④绿肥红瘦：指绿叶繁茂，红花凋零。

365
夜古诗词

第2辑

1. 山中杂诗

〔南朝·梁〕吴均

山际见来烟，①	山边可看到云烟，
竹中窥落日。②	竹林中能见落日。
鸟向檐上飞，③	鸟儿向屋檐上飞，
云从窗里出。	白云自窗间飘出。

[注释] ①山际：山边，山与天空相接处。见：看见，看到。烟：积聚的气体。②窥（kuī）：从孔洞、缝隙或隐蔽处看，也泛指观看、观察。③檐（yán）：房檐，屋檐。

2. 夜宿山寺①

〔唐〕李白

危楼高百尺，②	山寺楼阁约有百尺之高，
手可摘星辰。	在此伸手能够摘到星辰。
不敢高声语，	人们都不敢大声地讲话，
恐惊天上人。③	唯恐惊动了天上的仙人。

[注释] ①宿：停止，住宿。②危：高。百尺：夸张手法，形容楼非常高。危楼：这里指山顶寺院中的高楼。③恐：恐怕，担心。天上人：传说中住在天上的神仙。

3. 赋得古原草送别①

[唐] 白居易

离离原上草，②	原野青草，生长茂盛，
一岁一枯荣。③	一年一度，枯黄又返青。
野火烧不尽，	熊熊野火，烧不尽它，
春风吹又生。	春风吹来，小草又萌生。

[注释] ①诗题又作"草"。赋得：在科举考试中，考官以古人诗句或事物为题，令应试者作诗，题目例用"赋得"开头。这里节选了前四句，后四句是："远芳侵古道，晴翠接荒城。又送王孙去，萋萋满别情。" ②离离：浓密的样子。③岁：年。枯：草木枯槁。荣：草木茂盛。

4. 雪

[唐] 罗隐

尽道丰年瑞，①	都说瑞雪兆丰年，
丰年事若何？②	真是丰年又如何？
长安有贫者，	长安城里有穷人，
为瑞不宜多！③	瑞雪恐不应多下！

[注释] ①尽：全，都。道：讲，说。丰年瑞：丰年的祥瑞，好年景的预兆。②若何：如何，怎么样。③为（wéi）瑞：把下雪作为丰年的好兆头。宜（yí）：应该，应当。

5. 萍池

[唐] 王维

春池深且广， 　　　　春池幽深且宽广，

会待轻舟回。① 　　　恰好待到轻舟来。

靡靡绿萍合，② 　　　绿萍散开又缓聚，

垂杨扫复开。 　　　垂柳轻扫合复开。

[注释] ①会：恰巧，适逢。②靡（mǐ）靡：迟缓的样子。

6. 春庄

[唐] 王勃

山中兰叶径，① 　　　山中的小路幽兰旁生，

城外李桃园。② 　　　城外的果园桃李繁盛。

岂知人事静，③ 　　　怎晓得凡尘俗世清静，

不觉鸟声喧。 　　　丝毫不觉鸟鸣的喧闹。

[注释] ①径：小路。②李桃：桃李，指桃与李。一说，李桃是樱桃的俗名。③岂知：怎么知道，哪里晓得。

7. 绝句

[唐] 杜甫

迟日江山丽，①　　　春日的江山那么秀丽，

春风花草香。　　　　春风送来花草的清香。

泥融飞燕子，②　　　伴着燕子飞来飞去泥土松软了，

沙暖睡鸳鸯。③　　　温暖的河沙上睡着成对的鸳鸯。

[注释] ①迟日：春日。《诗经·豳（bīn）风·七月》："春日迟迟，采蘩祁祁。"后世便以"迟日"代指春日。②泥融：字面意思是指"泥土融化"，这里形容泥土滋润、湿润。③鸳鸯（yuānyāng）：鸟名。体型比鸭子小。雄鸳羽色绚丽；雌鸯略小，背苍褐色。由于雌雄偶居不离，故用其比喻不离不弃的恩爱夫妇。

8. 绝句

[唐] 杜甫

江碧鸟逾白，①　　　春江碧如玉，白鸟洁而妍，

山青花欲燃。②　　　青山色苍翠，花似火将燃。

今春看又过，　　　　时日不觉去，今岁春已残。

何日是归年？　　　　究竟哪天是，我归乡日期？

[注释] ①逾（yú）：更加。②花欲燃：花要燃烧，形容花红似火。

9. 人日思归①

[隋] 薛道衡

入春才七日，②   入春刚好七天整，

离家已二年。   离家足足已两年。

人归落雁后，   回家落在大雁后，

思发在花前。③   乡愁却生春花前。

[注释]①人日：农历正月初七日。《北齐书·魏收传》："魏帝宴百僚，问何故名人日，皆莫能知。收对曰：'晋议郎董勋《答问礼俗》云：正月一日为鸡，二日为狗，三日为猪，四日为羊，五日为牛，六日为马，七日为人。'"②入春：把春节当成春天的开始，所以叫"入春"。入春才七日：指人日。③思：心绪，情思。这里指思归之情。

10. 剑客

[唐] 贾岛

十年磨一剑，   十年辛苦，磨成一剑。

霜刃未曾试。①   寒光闪闪，尚未试验。

今日把示君，②   今日取出，拿给您看。

谁有不平事？   谁遇不平，请对我言。

[注释]①霜刃（rèn）：雪亮的利刃。未曾：不曾。②把（bǎ）示君：拿给您看。把：给，拿。君：敬称，有多种适用的场合，这里是彼此相称。

11. 江上渔者①

[宋] 范仲淹

江上往来人，　　　　　江上往来的旅人，

但爱鲈鱼美。②　　　　酷爱鲈鱼的美味。

君看一叶舟，③　　　　你看渔人的小船，

出没风波里。　　　　　出没在凶险风浪里。

[注释] ①渔者：打鱼的人，渔夫。②但：只。鲈（lú）鱼：鱼名。体侧扁，巨口，细鳞，头大，背青黑色，腹部白色。鲈鱼肉质细嫩，味道鲜美。③君：您。出没（mò）：出现与隐没，忽隐忽现。

12. 初见杏花

[宋] 梅尧臣

不待春风遍，　　　　　不待春风来吹遍，

烟林独早开。①　　　　烟霭林中独早开。

浅红欺醉粉，②　　　　杏花浅红胜醉粉，

肯信有江梅？③　　　　谁信花开自江梅？

[注释] ①烟林：烟霭缭绕的树林。②浅红：指杏花的浅红色。欺：欺负，欺压。引申为胜过、超越。③江梅：梅花的一种，俗称野梅，花很小，但很香。浅红欺醉粉，肯信有江梅：意思是说，盛开的浅红色杏花姿态妩媚，压过粉里透红的梅花。但在早春时节，人们又岂肯相信有梅花在傲然怒放？这是用反衬来赞美杏花的迷人。

13. 和／梅圣俞／杏花①

[宋] 欧阳修

谁道梅花早？ 谁说梅花开得早？

残年岂是春？② 年末又岂是芳春？

何如艳风日，③ 何不趁春光艳丽，

独自占芳辰？④ 独占美景与良辰？

[注释] ①和（hè）：应和，跟着唱，指以诗歌酬答，或依别人诗词的题材而作诗词。梅圣俞（yú）：字圣俞，北宋文学家。此诗和（hè）的是梅尧臣《初见杏花》。②残年：年末，年终。③何如：如何，怎么样。艳：形容词，形容光彩动人。风日：天气，气候。④芳辰：美好的时光，多指春季。

14. 舟夜书所见

[清] 查慎行

月黑见渔灯，① 月黑之夜，看到渔舟上的微光，

孤光一点萤。② 孤零零的，就像萤火虫的光亮。

微微风簇浪，③ 微微风起，吹皱水面层层波浪，

散作满河星。 渔灯之影，满河一片繁星景象。

[注释] ①渔灯：渔船上的灯。②孤光：孤零零的灯光。萤：萤火虫发出的光，这里用来形容船灯微弱的亮光。③簇（cù）：丛集，聚集。风簇浪：风刮起波浪。

15. 城东早春①

[唐]杨巨源

诗家清景在新春，②　　诗人的美景自然是初春，

绿柳才黄半未匀。③　　柳叶的嫩黄还没有变匀。

若待上林花似锦，④　　要是等到京城繁花似锦，

出门俱是看花人。⑤　　到处都是出来赏花的人。

[注释]①城：这里指唐朝的京城长安，在今陕西省西安市。②诗家：泛指诗人。清景：清新的景色。新春：初春。③才黄：刚刚变黄，指才露出嫩黄的柳芽。匀（yún）：匀称，均匀。④上林：指汉代的上林苑，由汉武帝刘彻在秦代一个废旧宫苑上扩建而成，故址在今陕西省西安市。本诗用上林苑来代指京城长安。⑤看花人：赏花的人。这里是双关语，指的是"进士及第者"，也就是考中进士的人。唐代有一种风俗，进士及第者会在长安城中赏花。孟郊《登科后》："昔日龌龊不足夸，今朝放荡思无涯。春风得意马蹄疾，一日看尽长安花。"

16. 春 日

[宋]朱熹

胜日寻芳泗水滨，①　　风和日丽，游赏泗水，

无边光景一时新。②　　无限风光，焕然一新。

等闲识得东风面，③　　轻易可见，春风吹拂，

万紫千红总是春。　　万紫千红，总是新春。

[注释]①胜日：指节日或亲朋相聚的日子。这里泛指风光美好的日子。寻芳：游赏美景。泗（sì）水：也叫"泗河""清泗"，发源于今山东省济宁市泗水县陪尾山。因其四源合为一水，故得名。泗水为四渎（dú）八流之一，是今山东省中部较大的河流。滨：水边，如江滨、湖滨、海滨、黄河之滨、南涧之滨等。②光景：风光，景物。③等闲：随意，平白地。等闲识得：很容易就识别。东风：春风。

17. 漫兴 ①

[唐] 杜甫

肠断春江欲尽头，　　　春江美景尽，怎会不伤感，

杖藜徐步立芳洲。②　　我拄杖漫步，站在芳洲上。

颠狂柳絮随风舞，③　　柳絮颠狂不羁，随风飘舞，

轻薄桃花逐水流。　　　桃花轻佻浮薄，顺水漂流。

[注释] ①漫兴（xìng）：随兴所至而信笔写来，率意为诗而不刻意求工。兴：诗歌即景生情的表现手法。这是杜甫《绝句漫兴九首》中的第五首。这组绝句共九首，写村居感受，以"客愁"为主题。②杖藜：持藜茎为杖，泛指拄杖而行，也指拐杖。藜：一种野生植物，茎坚韧，可做成拐杖。芳洲：生长着花草的小块水中陆地。③颠狂：形容放荡不羁的样子。舞：一作"去"。③轻薄：轻佻浮薄。

18. 漫兴 ①

[唐] 杜甫

糁径杨花铺白毡，②　　杨花撒在小路上，好像铺开的白毡，

点溪荷叶叠青钱。　　　点缀溪上的荷叶，仿若叠着的铜钱。

笋根雉子无人见，③　　笋根旁的幼雉，真不容易被人看见，

沙上凫雏傍母眠。④　　沙滩上小野鸭，偎在母亲身旁入眠。

[注释] ①这是杜甫《绝句漫兴九首》中的第七首。②糁（sǎn）：饭粒，泛指散粒状的东西。糁径：形容散乱落满杨花的小路。毡（zhān）：用羊毛等材料压成的片状物。③雉（zhì）：鸟名，鹑鸡类。汉朝时避吕后讳，称为"野鸡"。子：年幼的，小的，同下句的"雏"。④凫（fú）：野鸭。雏（chú）：泛指幼鸟。

19. 春宵①

[宋] 苏轼

春宵一刻值千金，②　　春夜一刻，可值千金。

花有清香月有阴。③　　花有清香，月下有阴。

歌管楼台声细细，④　　歌声管乐，音声细细。

秋千院落夜沉沉。　　　院有秋千，夜色沉沉。

[注释]①春宵（xiāo）：春天的夜晚。诗题又作"春夜"。②刻：古代用漏壶计时，把从白天到黑夜一整天划分为100刻。一刻：大约十五分钟，形容时光短暂。③花有清香：花儿散发出清新的香气。月有阴：月光照着花儿，投出朦胧的影子。④歌管：指唱歌奏乐。管：管乐器，泛指乐器。

20. 立春偶成①

[宋] 张栻

律回岁晚冰霜少，②　　年终春回之际冰霜渐少，

春到人间草木知。　　　春天到了人间草木自知。

便觉眼前生意满，③　　便会觉得眼前生机盎然，

东风吹水绿参差。④　　春风吹拂水面碧波荡漾。

[注释]①偶成：偶得，偶感而作。②律回：古人认为"律"属阳，"吕"属阴，各代表一年的六个月。律回：四季往复，冬去春来。岁晚：年底，年终。③生意：生机。满：充满，满布。④参差（cēncī）：高低不平。这里形容水面泛起涟漪。

21. 回乡偶书

[唐] 贺知章

离别家乡岁月多，　　　　离开家乡太久了，

近来人事半消磨。①　　　近来人事变迁多。

惟有门前镜湖水，②　　　只有门前镜湖水，

春风不改旧时波。　　　　春风不改往日波。

[注释] ①这是贺知章《回乡偶书》的第二首。消磨：消除，削灭。②镜湖：在今浙江省绍兴市会稽山的北麓，方圆三百余里。贺知章的故乡就在镜湖边上。

22. 海棠

[宋] 苏轼

东风袅袅泛崇光，①　　　春风袅袅，泛着华美崇光，

香雾空濛月转廊。②　　　香雾濛濛，月亮移过回廊。

只恐夜深花睡去，③　　　夜深人静，只怕花也睡去，

故烧高烛照红妆。④　　　点着蜡烛，照亮艳丽海棠。

[注释] ①东风：指春风。袅（niǎo）袅：形容微风轻拂的样子。崇光：华美而高贵的光泽。②空濛：一作"霏霏"。转（zhuǎn）：转移，方向、位置发生变化。③夜深花睡去：这个典故来自唐玄宗、杨贵妃的故事。史载：杨贵妃宿醉未醒，唐玄宗说"海棠睡未足也"。④红妆：指美女，这里比作海棠。故烧高烛照红妆：一作"高烧银烛照红妆"。

23. 次／北固山下①

［唐］王湾

客路青山外，行舟绿水前。②

旅 途 青 山 下， 行 船 绿 水 间。

潮平两岸阔，风正一帆悬。③

潮 涨 两 岸 阔， 风 顺 白 帆 悬。

海日生残夜，江春入旧年。④

夜 阑 旭 日 升， 岁 逝 春 意 妍。

乡书何处达？归雁洛阳边。⑤

家 书 到 何 处？ 归 雁 洛 阳 边。

[注释] ①诗题又作"江南意"。次：止，停留。也指行军在一地停留超过两宿。北固山：在今江苏省镇江市以北，三面临水，倚长江而立。②客路：旅途。青山：指北固山。青山外：一作"青山下"。③潮平：潮水涨满。风正：风顺。悬：挂。④海日：海上的太阳。生：生长，长出，这里指太阳从海面升起。残夜：将尽之夜。入：进，到。旧年：去年。江春入旧年：指立春在腊月，而不是在新年的正月。⑤乡书：家信。归雁：北回的大雁。大雁每年秋天飞往南方，春天飞回北方。在古代传说中，大雁是传递书信的信使。

24. 题／破山寺后禅院①

[唐] 常建

清晨入古寺，初日照高林。②

清晨进入古寺中，太阳升起照高林。

曲径通幽处，禅房花木深。③

弯曲小路通幽处，禅房前后花木深。

山光悦鸟性，潭影空人心。④

山光明媚鸟欢悦，临潭观影空尘心。

万籁此都寂，但余钟磬音。⑤

万物都归于静寂，只有敲钟击磬音。

[注释] ①诗题又作"破山寺后禅院"。破山寺：兴福寺，在今江苏省常熟市虞山的北坡。②初日：旭日，早上的太阳。高林：高高的树林。③曲（qū）径：又作"竹径""一径"。禅（chán）房：僧人居住修行的地方。④悦：这里是使动用法，使……高兴。潭影：潭水中的倒影。空：这里是使动用法，使……空。这句的意思是，潭水空明清澈，临潭照影，使人俗念全消。⑤万籁（lài）：自然界的一切声响。籁：从孔穴里发出的声音，泛指声音。都：一作"皆"，又作"俱"。但余：只留下。又作"惟闻"。钟磬（qìng）：钟与磬，佛寺中用来召集僧众或诵经的鸣器。磬：古打击乐器，用石或玉琢成，形状大多像曲尺，钻有一孔，穿绳悬挂，用木槌敲击发音。

25. 蜀相①

[唐]杜甫

丞相祠堂何处寻？锦官城外柏森森。②

蜀汉丞相祠堂，到底隐在哪里？锦官城外松密，要去那里觅寻。

映阶碧草自春色，隔叶黄鹂空好音。③

碧草映照石阶，只是自然春色，枝上黄鹂啼鸣，空有美妙嗓音。

三顾频烦天下计，两朝开济老臣心。④

先主三顾茅庐，频频向您问计，匡扶两朝天子，老臣赤诚忠心。

出师未捷身先死，长使英雄泪满襟！⑤

蜀军出师未胜，丞相病逝军中，古今英雄想起，每每泪湿衣襟。

[注释] ①蜀相：三国时期蜀国的丞相诸葛亮。②丞相祠堂：诸葛武侯祠，在今四川省成都市武侯区。锦官城：在今四川省成都市。锦官指主治锦的官员，其官署所在被称为"锦官城"。柏（bǎi）：柏树。森森：繁密的样子。③自：自然，本来。空：白白地。好（hǎo）音：好听的声音。④频烦：同"频繁"，多次。一作"频繁"。三顾频烦天下计：刘备为匡扶汉室而三次前往诸葛亮住处拜访，请他出山相助，即历史上有名的"三顾茅庐"。两朝：刘备、刘禅父子两朝。济（jì）：扶助。⑤出师：出兵。出师未捷身先死：指诸葛亮多次出师伐魏，没能取得最后的胜利，于蜀建兴十二年（234年）卒于五丈原（今陕西省宝鸡市岐山县东南）军中。

26. 忆江南（其一）①

[唐] 白居易

江南好，

江南多么美好，

风景旧曾谙。②

风景早就那么熟谙。

日出江花红胜火，③

旭日东升，花朵红胜火，

春来江水绿如蓝。④

春来后，江水绿似蓝。

能不忆江南？

怎不让人忆江南？

[注释] ①忆江南：唐代教坊曲名。江南：这里指长江下游的江浙一带。②谙（ān）：熟悉。③江花：江边的花朵，也有人认为是指江中的浪花。红胜火：红得胜过火焰。④绿如蓝：绿得比蓝还要绿。蓝：植物，叶可制蓝色染料，即靛（diàn）青。

27. 忆江南（其二）

[唐] 白居易

江南忆，

江南的想念，

最忆是杭州。

最想的还是杭州。

山寺月中寻桂子，①

在山寺里，寻找月中的桂子，

郡亭枕上看潮头。②

登上郡亭，俯瞰钱塘的潮头。

何日更重游？③

何日再游玩？

[注释] ①山寺：指西湖西边的灵隐寺。传说灵隐寺的桂花树是从月宫中掉下来的。桂子：桂花。月中寻桂子：寻月中桂子。②郡亭：字面意思是"郡署的亭子"，应该是指杭州的城东楼。枕上：指郡亭在钱塘江上，与大江紧紧相临。枕：以头枕物，引申为临、靠近。在这个义项下，古代读"zhèn"。潮：指钱塘江大潮。③更：再，又。

28. 天净沙·春①

[元]白朴

春山暖日和风，②

春山暖阳高照，吹着柔和的风，

阑干楼阁帘栊，③

在楼阁倚着栏杆，卷起了帘栊，

杨柳秋千院中。

杨柳吐绿，秋千轻摇，春色满院中。

啼莺舞燕，④

啼鸣的黄莺，飞舞的燕，

小桥流水飞红。⑤

小桥下流水上，浮着落英。

[注释] ①天净沙：曲牌名，又名"塞上秋"，属北曲越调。全曲共五句二十八字（衬字除外），第一、二、三、五句每句六字，第四句为四字句，其中第一、二、五句平仄完全相同。此调主要有两种格式，都要求句句押韵。②和风：泛指速度和缓的风、暖和的风，在冬天指南风，也指春风。③阑干（lángān）：栏杆。帘栊（lóng）：挂着帘子的窗户，也常指窗户上的帘子。栊：窗棂木，泛指窗户。④啼莺舞燕：啼叫的黄莺，飞舞的燕子。⑤飞红：指落花。

365夜古诗词

第 3 辑

1. 重别／周尚书①

[北朝] 庾信

阳关万里道，②　　　　阳关万里迢迢，

不见一人归。　　　　不见一人归回。

惟有河边雁，③　　　　只有河边大雁，

秋来南向飞。④　　　　入秋就往南飞。

[注释] ①重（chóng）别：又别，再别。周尚书：周弘正（496—574 年），字思行，汝南安城（今河南省驻马店市平舆县）人，南朝梁元帝时为左户尚书。庾信仿阮籍《咏怀八十二首》而作《拟咏怀二十七首》，这是第七首。②阳关：在今甘肃省敦煌市西南，为古代通往西域的要塞。这里比喻自己羁留长安，如在阳关之外。万里：描述长安与南朝相去甚远。③河：指黄河。④南向：向着南方。

2. 山中

[唐] 王维

荆溪白石出，①　　　　荆溪水落石出，

天寒红叶稀。②　　　　天寒红叶变稀。

山路元无雨，③　　　　山路原本没雨，

空翠湿人衣。　　　　雾气将衣打湿。

[注释] ①荆（jīng）溪：本名"长水"，又称"浐水""荆谷水"，源自秦岭。②红叶：秋天，枫、槭、黄栌等树的叶子都变成红色，统称"红叶"。③元：同"原"，原本，本来。

3. 乐游原①

[唐] 李商隐

向晚意不适，②   傍晚心情不畅，

驱车登古原。③   驾车上乐游原。

夕阳无限好，   夕阳无限美好，

只是近黄昏。   只是即将黄昏。

[注释] ①乐（lè）游原：故址在今陕西省西安市南。乐游原是唐代长安地势最高的地方，是游览胜地。登上它可以眺望长安城。②向晚：临近晚上，傍晚。向：接近，向某方面发展。不适：不悦，不快乐。③古原：指乐游原。

4. 独坐敬亭山①

[唐] 李白

众鸟高飞尽，②   群鸟高飞没有了踪影，

孤云独去闲。   孤云飘去自在而悠闲。

相看两不厌，③   彼此相看都不觉厌倦，

只有敬亭山。   只有眼前这座敬亭山。

[注释] ①敬亭山：又名"昭亭山""查山"，在今安徽省宣城市北。山上有敬亭，相传为南朝齐代诗人谢朓赋诗之所，山以此得名。②尽：无，没有。③看：视，望，以视线接触人或物。厌：后作"餍"，满足。

5. 幼女词

[唐] 施肩吾

幼女才六岁，	小女刚刚六岁，
未知巧与拙。①	不知何谓巧拙。
向夜在堂前，②	入夜站立堂前，
学人拜新月。③	学大人拜新月。

[注释] ①巧：灵巧。拙（zhuō）：笨，迟钝。与"巧"相对。②向夜：入夜，到了夜里。向：临近，将近。③拜新月：古代有七夕节拜月乞巧的习俗，希望自己可以变得更加心灵手巧。

6. 庭竹

[唐] 刘禹锡

露涤铅粉节，①	露水洗涤着铅粉般竹节，
风摇青玉枝。	微风摇动着青玉似的枝。
依依似君子，②	身姿轻柔好似谦谦君子，
无地不相宜。③	没有一个地方它不适宜。

[注释] ①涤（dí）：洗去污垢，洗净。铅粉：古代烧铅成粉，用来涂面，也用作颜料。②依依：轻柔的样子。③相宜：合适，适宜。

7. 辛夷坞①

[唐] 王维

木末芙蓉花，②　　枝条顶端的芙蓉花，

山中发红萼。③　　山中绽放，鲜红花萼。

涧户寂无人，④　　山涧之中寂静无人，

纷纷开且落。　　绚烂开放，静静飘落。

[注释] ①辛夷坞（wù）：辋川二十景之一。这是王维《辋川集》绝句二十首中的第十八首。坞：四面高中间低的谷地，也指四面如屏的花木深处。②木末：树梢。木末芙蓉花：辛夷。辛夷花的色与形很像莲花。而莲花又称"芙蓉"。③萼（è）：环列在花朵外部的叶状薄片。④涧（jiàn）户：两山相夹，形如门户，故称"涧户"。

8. 宿／建德江①

[唐] 孟浩然

移舟泊烟渚，②　　将船停泊至烟雾濛濛的小洲，

日暮客愁新。③　　傍晚，游子羁旅之愁更深沉。

野旷天低树，④　　旷野无边，远方天际低于树，

江清月近人。　　江水澄澈，明月更加亲近人。

[注释] ①建德江：新安江流经建德（今属浙江省）的一段江水。②移舟：划动小船。渚：水中的小块陆地。烟渚（zhǔ）：指江中雾气笼罩的小沙洲。③日暮：傍晚。客：客居他乡的人，这里指作者自己。愁：指因思乡而忧思。④野：原野。旷：空阔，辽阔。天低树：天幕低垂，好像和树木连在一起。

9. 悯农 ①

[唐] 李绅

春种一粒粟，②   春天，种下一粒种子，

秋收万颗子。③   秋天，收获万千粮食。

四海无闲田，④   天下没有荒芜的田地，

农夫犹饿死。⑤   农民却依然会被饿死。

[注释] ①李绅《悯农》共两首，也作《古风二首》。此其一。悯（mǐn）：怜悯，哀怜。②粟（sù）：古代为黍（shǔ）、稷（jì）、粱、秫（shú）的总称。现今把"粟"称为"谷子"，去壳后称为"小米"。③万颗子：形容粮食极多。④四海：意思相当于"天下"。闲田：无人耕种的田地。⑤犹：仍然，依旧。

10. 悯农

[唐] 李绅

锄禾日当午，①   正午，烈日，农夫锄草，

汗滴禾下土。   挥汗如雨，洒落在田土。

谁知盘中餐，②   谁能知道，那盘中食物，

粒粒皆辛苦？③   每一粒，都饱含着辛苦？

[注释] ①这是李绅《悯农》的第二首，流传更广。禾：本义指谷子，泛指谷类。锄（chú）禾：为禾苗除去杂草，疏松泥土。②餐（cān）：饭食。③皆：都，全部。

11. 咏华山

[宋] 寇准

只有天在上，①	只有天在华山之上，
更无山与齐。②	再无他山能来相比。
举头红日近，③	抬头感觉红日很近，
回首白云低。④	回视白云比山更低。

[注释] ①天在上：天在华（huà）山之上。这里意思是只有天比华山高，极言华山之高峻。②齐：相等，相同。这里指一样高。③举头：抬头。④回首：回头。

12. 于／易水／送人 ①

[唐] 骆宾王

此地别燕丹，②	荆轲在此地，作别太子丹，
壮士发冲冠。③	壮士发悲歌，怒发冲峨冠。
昔时人已没，④	义士仆殿上，豪侠弃嚣喧，
今日水犹寒。⑤	易水悠悠逝，至今彻骨寒。

[注释] 易水：其水有三，分别为北易、中易、南易，皆发源河北易县。其中，北易为今之易水。②别燕（yān）丹：荆轲告别燕太子丹。③壮士：意气壮盛之士。这里指荆轲。发（fà）冲冠（guān）：形容人极端愤怒。冠：帽子。④昔时：往日，从前。没（mò）：通"殁"，死，去世。⑤水：指易水。犹：仍然。

13. 鸡

[清] 袁枚

养鸡纵鸡食，①	养鸡时由着它去吃，
鸡肥乃烹之。②	鸡肥了就把它煮了。
主人计自佳，③	主人的计谋虽然好，
不可与鸡知。④	却不能让鸡知道了。

[注释] ①纵：放任，放纵。②烹（pēng）：煮（肉、菜或茶等）。③自：自然，当然。④与（yǔ）：给，让，为……所。

14. 苔①

[清] 袁枚

白日不到处，②	太阳照不到的地方，
青春恰自来。③	生命也能生发出来。
苔花如米小，	苔花虽大小像米粒，
也学牡丹开。	也要学那牡丹盛开。

[注释] ①苔（tái）：苔藓类植物，也叫"水衣""地衣"。②白日：太阳。③恰：正，正好。自来：来源于自己。"恰自来"的意思是，苔藓的青春不是从别处来的，而是因本身生命力旺盛而从自己内部生发出来的。

15. 题画兰

［清］郑燮

兰草已成行，①	兰草早已长成行，
山中意味长。②	久在山中具雅量。
坚贞还自抱，③	坚贞不屈足自信，
何事斗群芳？④	无意百花不争强。

[注释] ①成行（háng）：长成行列，这里指兰草已经长大。②意味：意境，趣味。长（cháng）：深长，长久。③自抱：自我持守。抱：持守。④何事：为何，何故。芳：凡芳香之物皆称"芳"，花为其一。

16. 玄都观桃花①

［唐］刘禹锡

紫陌红尘拂面来，②	京城路上扬起了尘埃，
无人不道看花回。	没人不说是看花回来。
玄都观里桃千树，③	玄都观里桃树上千株，
尽是刘郎去后栽。④	都是刘郎离京以后栽。

[注释] ①玄都观（xuándūguàn）：道教庙宇名，在长安城南崇业坊（今陕西省西安市）。②紫陌（mò）：指帝都长安郊野的道路。陌：原意为田间小路，这里泛指道路。红尘：尘土。③桃千树：千棵桃树。这是夸张的说法，极言桃树之多。④刘郎：指作者自己。去：一作"别"。

17. 再游玄都观

[唐] 刘禹锡

百亩庭中半是苔，①   百亩庭院中，多半是青苔，

桃花净尽菜花开。②   桃花败后，野菜花开放了。

种桃道士归何去？③   当年种桃的道士，去哪里了？

前度刘郎今又来。   此前赏花的刘郎，今又归来。

[注释]①百亩：夸张的说法，是说面积大，并非实指。庭：指玄都观中的庭院。"庭中"，一作"中庭"。②净尽：一点不剩。菜花：指野菜花。③种桃道士：指当初打击贬斥刘禹锡等人的权贵。

18. 月夜

[唐] 刘方平

更深月色半人家，①   夜深月色照，半明半暗家，

北斗阑干南斗斜。②   北斗横天上，南斗也倾斜。

今夜偏知春气暖，③   今夜才觉得，春气已渐暖，

虫声新透绿窗纱。④   虫声第一次，透过绿窗纱。

[注释]①更（gēng）深：夜深。更：古时一夜分成五更。月色半人家：指月光只照亮房屋的一半。人家：居民的住宅。②北斗（dǒu）：北斗七星，即大熊星座的七颗较亮的星。阑干（lángān）：纵横交错。南斗：南斗六星，即斗宿。③偏知：才知。偏：副词，表示出乎寻常或意外。④新：初次，首次。

19. 春夜 ①

[宋] 王安石

金炉香烬漏声残， ②　　铜炉香燃尽，漏壶水声残，

剪剪轻风阵阵寒。 ③　　削面的轻风，乍暖且还寒。

春色恼人眠不得， ④　　春色惹人爱，不愿意睡去，

月移花影上栏杆。　　月色移花影，悄然上栏杆。

[注释] ①诗题又作"夜直"，在朝中值夜班的意思。宋代，每天晚上安排翰林学士轮流在学士院值宿。本诗作于宋熙宁二年（1069 年），那时王安石是翰林学士。②金炉：铜制的香炉。不是黄金炉。漏（lòu）：刻漏，漏壶，古代的计时工具。漏声：漏壶滴水的声响。漏声残：水快滴完时的状态，即天快亮了。③剪剪：形容初春仍带有寒意的轻风。本诗用"剪剪"来形容那种寒风割削的痛感。④恼人：指撩人、逗人。意思是惹人喜爱，让人舍不得睡去。

20. 春晴

[唐] 王驾

雨前初见花间蕊， ①　　下雨前刚见花间新蕊，

雨后全无叶底花。　　雨后叶底下全没了花。

蜂蝶纷纷过墙去，　　蜜蜂蝴蝶纷纷飞过墙，

却疑春色在邻家。　　却是怀疑春色在邻家。

[注释] ①初见：刚见。蕊（ruǐ）：花心。

21. 黄鹤楼／送孟浩然／之广陵①

[唐] 李白

故人西辞黄鹤楼，②

烟花三月下扬州。③

孤帆远影碧空尽，④

唯见长江天际流。⑤

故友要东行，辞别黄鹤楼，

柳絮恰如烟，三月下扬州。

孤帆行渐远，渺然天尽头，

唯见长江阔，汹涌天边流。

[注释] ①孟浩然：唐代著名诗人，李白的朋友。之：往，到。广陵：今江苏省扬州市。②故人：老朋友，这里指孟浩然。辞：告别，离开。③烟花：泛指春景。下：顺流向下。④尽：尽头。⑤唯见：只见。天际：天边。

22. 春暮①

[宋] 曹豳

门外无人问落花，

绿阴冉冉遍天涯。②

林莺啼到无声处，

青草池塘独听蛙。③

门外无人，留意落花，

绿荫渐渐，铺满天涯。

林中黄莺，不再啼叫，

青草池塘，只听蛙鸣。

[注释] ①诗题又作"暮春"。②冉（rǎn）冉：渐进的样子。天涯：天的边际，指极远的地方。③池塘：一作"池边"。独听蛙（wā）：只听见蛙鸣声。

23. 惜春 ①

[宋] 朱淑真

连理枝头花正开， ②
连理枝头，鲜花盛开，

妒花风雨便相催。 ③
妒火中烧，风雨逼摧。

愿教青帝常为主， ④
愿让青帝，为花做主，

莫遣纷纷点翠苔。 ⑤
莫让落花，点缀青苔。

[注释] ①诗题又作"落花"。②连理枝：两棵树的枝连生在一起，常比喻相爱的夫妻，也比喻兄弟。③妒（dù）：嫉妒。催：催促。④愿：愿意，希望。青帝：先秦时期祭祀之神，是春之神和百花之神。⑤遣（qiǎn）：派，让，打发。莫遣：不要让。点翠苔：指飘落的花瓣点缀在翠绿的苔藓上。逗人。意思是惹人喜爱，让人舍不得睡去。

24. 庆全庵桃花 ①

[宋] 谢枋得

寻得桃源好避秦， ②
找到桃源，躲避秦末乱世，

桃红又是一年春。
桃花红了，又是一年好春。

花飞莫遣随流水， ③
花儿飘飞，莫要追随流水，

怕有渔郎来问津。 ④
怕渔郎见，顺着花瓣来寻。

[注释] ①庆全庵：谢枋得在建阳（今属福建省）避居时给隐居之所取的名字。南宋末年，谢枋得曾率兵抗元，终因寡不敌众而失败。他隐姓埋名，逃亡福建，隐遁山中。②桃源：陶渊明笔下的"桃花源"。这里指庆全庵。③遣：打发走，放走，令离开。④津：渡口。问津：询问渡口，问路。这里借用陶渊明《桃花源记》中"无人问津"的意境。

25. 伤春 ①

[宋] 杨万里

准拟今春乐事浓，②　　　本以为今春乐事浓浓，

依然枉却一东风。③　　　还是辜负了大好春风。

年年不带看花眼，④　　　连年没有赏花的眼福，

不是愁中即病中。　　　不在愁中就在病痛中。

[注释] ①多个《千家诗》版本误署作者为杨简，实为杨万里。诗题在杨万里《诚斋集》中作"晓登万花川谷看海棠"，《千家诗》改作"伤春"，不但简洁，也非常合适，今从之。万花川谷是杨万里为家中花园取的名字。②准拟（nǐ）：一定，打算。浓：多。③枉（wǎng）却：辜负，枉费。东风：春风。④不带看花眼：字面意思是"没带着看花的眼睛"，意思是自己没有看花的眼福。

26. 村居 ①

[清] 高鼎

草长莺飞二月天，　　　二月里，青草生长黄莺舞，

拂堤杨柳醉春烟。②　　　春雾飘渺，杨柳轻抚堤岸。

儿童散学归来早，③　　　儿童放学回家，时间还早，

忙趁东风放纸鸢。④　　　趁有春风，快放风筝上天。

[注释] ①村居：在乡村里居住。②拂堤（dī）杨柳：枝条长长的杨柳垂下来，随风微摆，像是在抚摸堤岸。醉：陶醉，沉醉。春烟：春天草木河川蒸腾出来的雾气。③散学：放学。④东风：春风。纸鸢（yuān）：风筝。

27. 惠崇《春江晚景》①

[宋] 苏轼

竹外桃花三两枝，

竹林外桃花，开了三两枝，

春江水暖鸭先知。

春江水已暖，鸭子最先知。

蒌蒿满地芦芽短，②

蒌蒿生遍地，芦芽方短小，

正是河豚欲上时。③

却正是河豚，逆江而上时。

[注释] ①惠崇（chóng）：也作"慧崇"，北宋名僧，能诗善画。《春江晚景》是惠崇的画作，共两幅，一幅是《鸭戏图》，另一幅是《飞雁图》。苏轼的题画诗也有两首，这首是题《鸭戏图》的诗。②蒌蒿（lóuhāo）：有青蒿、白蒿等多种。《诗经·鹿鸣》："呦（yōu）呦鹿鸣，食野之蒿。"芦芽：芦苇的幼芽。③河豚（tún）：古代称"鲀"（tún），又名"鲐"（tái）或"鲑"（guī）。上：指逆江而上。

28. 渡荆门送别

[唐] 李白

渡远荆门外，来从楚国游。 ①

远渡长江，行至荆门之外，令人神往，我来楚国一游。

山随平野尽，江入大荒流。 ②

原野平坦，山脉渐渐退隐，莽原广袤，江水奔腾急流。

月下飞天镜，云生结海楼。 ③

江水映月，宛如明镜飞下，云彩涌起，结成海市蜃楼。

仍怜故乡水，万里送行舟。 ④

仍是喜爱，我故乡的江水，万里奔流，伴我一叶扁舟。

[注释] ①荆门：位于今湖北省宜昌市宜都市西北，长江南岸。楚国：指楚地，春秋时属楚国。②平野：平坦空旷的原野。江：长江。大荒：指辽阔的原野或边远的地方。③飞天镜：从天上飞下来的明镜。结（jié）：连接，聚合。海楼：海市蜃（shèn）楼，又称"蜃景"，是一种因为光的折射和全反射而形成的自然现象，这里形容江上云霞的美景。④怜：爱，宠爱。故乡水：指从四川流来的长江水。李白曾在四川生活，把四川称作故乡。

29. 客至 ①

[唐] 杜甫

舍南舍北皆春水，但见群鸥日日来。 ②

房前房后，都是碧绿春水，一群鸥鸟，天天飞去飞来。

花径不曾缘客扫，蓬门今始为君开。 ③

花园小径，未为迎客洒扫，蓬草小门，今天才为您开。

盘飧市远无兼味，樽酒家贫只旧醅。 ④

集市太远，盘里饭菜简陋，家境贫寒，杯中陈酒简微。

肯与邻翁相对饮，隔篱呼取尽余杯。 ⑤

如您愿与，邻家老翁对饮，隔篱唤他，前来喝空酒杯。

[注释] ①客：指崔明府。杜甫在题后自注："喜崔明府相过。"明府：汉、魏以降对太守、尹，称"府君"或"明府君"，简称"明府"。相过：探望。②舍（shè）：客馆，旅馆，引申为居室。但见：只见。③花径：长满花的小路。缘：因为。缘客扫：因为客人的到来而打扫。蓬（péng）门：等于说"柴门"。指贫寒之家。④盘飧（sūn）：指饭菜。飧：用于晚餐的熟食，也泛指熟食。市远：离市集远。兼味：指两种以上的佳肴。无兼味：谦虚的说法，形容菜少。樽（zūn）：古代的盛酒器具。旧醅（pēi）：隔年的陈酒。醅：没有过滤的酒。⑤肯：愿意，乐意。这里有征询对方意见的意思，相当于"肯的话""如果肯"。余杯：余下来的酒。

30. 卜算子·送鲍浩然之浙东①

[宋] 王观

水是眼波横，②山是眉峰聚。③

水 像 眼 波 横 ， 山 像 眉 峰 聚 。

欲问行人去那边，④眉眼盈盈处。⑤

要 问 行 人 去 哪 边 ， 山 水 交 汇 处 。

才始送春归，⑥又送君归去。

刚 送 春 回 归 ， 又 送 您 归 去 。

若到江南赶上春，千万和春住。

如 到 江 南 正 是 春 ， 一 定 和 春 住 。

[注释] ①鲍浩然：生平不详。之：往，去。浙东：宋代置两浙东路，简称浙东。"路"是宋代的行政区划。②眼波：比喻目光如同流动的水波。水是眼波横：水是佳人流动的眼波。③山是眉峰聚：山是美人紧锁的眉毛。据《西京杂记》，卓文君眉色如远山，当时人们仿效画"远山眉"，后人便将美人的眉毛比喻为远山。"眼波"与"眉峰"都是将本体与喻体反用。④那边：哪边。⑤盈盈：饱满，润泽，晶莹，清澈。⑥才始：方才，刚开始。

31. 清平乐·春归何处①

[宋] 黄庭坚

春归何处？寂寞无行路。②

春天回何处？清静难寻其径路。

若有人知春去处，唤取归来同住。③

如有人知春去处，喊它回来同住。

春无踪迹谁知？除非问取黄鹂。④

春无踪迹谁知？除非询问黄鹂。

百啭无人能解，⑤因风飞过蔷薇。⑥

啼鸣婉转无人懂，随风飞过蔷薇。

[注释] ①清平乐（yuè）：原为唐教坊曲名，后用作词牌名，又名"清平乐令""醉东风""忆萝月"，为宋词常用词牌。正体为双调八句四十六字，前片四仄韵，后片三平韵。②寂寞：寂静，清静。行路：道路，这里指春天的踪迹。③唤取：换来。取：语气助词，表示动态，类似"得"。④问取：询问。⑤百啭（zhuàn）：指黄鹂宛转的叫声。啭：鸟鸣宛转。解：懂得。⑥因风：顺风，顺着风势。飞过：一作"吹过"。

365 夜古诗词

第 4 辑

1. 寒食后／北楼作

[唐] 韦应物

园林过新节，^①　　园林熙攘过寒食节，

风花乱高阁。^②　　风吹花瓣乱舞高阁。

遥闻击鼓声，　　　远远听见击鼓之声，

蹴鞠军中乐。^③　　兵士在玩蹴鞠作乐。

[注释] ①新节：新的节令，指寒食节。②乱：凌乱，没有条理。在诗中可理解为"乱舞"。阁：阁楼。③蹴鞠（cùjū）：类似今天的足球赛。

2. 途中寒食

[唐] 宋之问

马上逢寒食，^①　　途中恰逢寒食节，

愁中属暮春。^②　　忧愁时正值暮春。

可怜江浦望，^③　　可惜江边观望者，

不见洛阳人。^④　　不见洛阳桥上人。

[注释] ①寒食：在农历清明前一或二日。相传春秋时晋国介之推辅佐重耳（晋文公）回国后，隐于山中，重耳烧山逼他出来，介之推抱树而死。晋文公为悼念他，下令在介之推死日禁止生火煮食，只吃冷食。这就是寒食节的由来。②属（zhǔ）：副词，恰好，正好。③可怜：可惜。浦（pǔ）：水边，或河流入海的地方。④洛阳人：一作"洛桥人"，指作者在朝廷的同僚和朋友。

3. 竹里馆①

[唐] 王维

独坐幽篁里，②　　　独坐于幽深的竹林，

弹琴复长啸。③　　　时而弹琴时而长啸。

深林人不知，　　　无人知我在此深林，

明月来相照。　　　只有明月与我相伴。

[注释] ①竹里馆：辋川二十景之一。因房屋周围有竹林而得名。②幽篁（huáng）：幽深的竹林。篁：竹田，竹林。③长啸（chángxiào）：收缩口唇，发出悠长而清越的声音。古人常以长啸表达志向。

4. 鸟鸣涧①

[唐] 王维

人闲桂花落，②　　　人悠闲，桂花悄悄落，

夜静春山空。③　　　夜宁静，春山更空寂。

月出惊山鸟，　　　月亮出，惊起山中鸟，

时鸣春涧中。④　　　几声鸣，回荡山涧中。

[注释] ①涧：有溪流的山谷。②闲：悠闲。桂花：一般中秋前后开花，花小，很香，为白色和黄色，有金桂、银桂、四季桂多种。诗中的桂花在春天也开放，应是四季桂。③空：空寂，空虚。这里形容山中寂静无声，好像空无所有。④时：时常，经常。

5. 遗爱寺①

[唐] 白居易

弄石临溪坐，②	坐在溪边，把玩着奇石，
寻花绕寺行。	寻觅野花，在寺外绕行。
时时闻鸟语，	时时听到，鸟婉转啼鸣，
处处是泉声。	处处都是，山涧的泉声。

[注释] ①遗爱寺：位于庐山香炉峰下。②弄：把玩，品鉴。临：挨着，靠近。

6. 相思①

[唐] 王维

红豆生南国，②	红豆生在南国，
春来发几枝？③	春来又生几枝？
愿君多采撷，④	愿您多多采摘，
此物最相思。	它最让人相思。

[注释] ①诗题又作"相思子"或"江上赠李龟年"。相思：想念。②红豆：相思木所结的籽。古代常用来比喻爱情或相思之情。③春来发几枝：一作"秋来发故枝"。④采撷（xié）：采摘，摘取。愿君多采撷：一作"愿君休采撷"（摘之则凋萎枯亡，不如生时鲜艳，故此义尤佳）。

7. 江南曲

[唐] 储光羲

日暮长江里，　　　在傍晚的长江之上，

相邀归渡头。①　　相约划船同回渡口。

落花如有意，②　　水面落花似有情义，

来去逐船流。③　　追逐着晚归的轻舟。

[注释] ①相邀（yāo）：相约。归渡头：划船回家。渡头：渡口。②如：像，如同。③逐（zhú）：跟随，追随。

8. 咏鹅①

[唐] 骆宾王

鹅，鹅，鹅，　　　鹅，鹅，鹅，

曲项向天歌。②　　弯颈朝天歌。

白毛浮绿水，　　　白羽映绿水，

红掌拨清波。　　　红掌划清波。

[注释] ①这是初唐诗人骆（luò）宾王七岁时写的一首五言古诗。②项：颈，脖子。曲项：弯着脖子。

9. 送灵澈上人①

[唐] 刘长卿

苍苍竹林寺，②   青葱苍翠竹林寺，

杳杳钟声晚。③   幽远深沉钟声晚。

荷笠带斜阳，④   背着斗笠伴斜阳，

青山独归远。⑤   独自向青山归远。

[注释]①诗题又作"送灵澈"。灵澈（chè）：唐代名僧，俗姓杨，字源澄，会稽（今浙江省绍兴市）人，后为云门寺僧。上人：佛教称具备德智善行的人。后来成为对僧人的敬称。②苍苍：深青色。③杳（yǎo）杳：幽远的样子。④荷（hè）：扛，用肩承物。荷笠：背着斗笠。⑤青山独归远：意思是灵澈上人向着青山，独自一人，渐行渐远。

10. 远师

[唐] 白居易

东宫白庶子，①   我是东宫里白庶子，

南寺远禅师。②   您是南寺里远禅师。

何处遥相见？   在哪里能遥遥相见？

心无一事时。   应是毫无挂虑之时。

[注释]①庶（shù）子：官职，掌诸侯、卿大夫之庶子的教养、训诫等事，晋代以后为太子属官。白居易曾在太子的东宫做"庶子"，故自称"白庶子"。②远禅师：指东晋时的慧远禅师。一说，"远禅师"指与白居易同时代的自远禅师。

11. 山中送别

[唐] 王维

山中相送罢，　　　　　在山里，恭送好友离去，

日暮掩柴扉。①　　　　暮色中，我关上了柴门。

春草明年绿，②　　　　明年，春草还会再绿的，

王孙归不归？③　　　　还会再来吗，我的友人？

[注释] ①掩：关闭。②明年：也作"年年"。③王孙：王者之孙或后代。这里指王维的友人。

12. 送别

[唐] 王之涣

杨柳东风树，①　　　　春风中，成行的柳树，

青青夹御河。②　　　　绿杨柳，夹着护城河。

近来攀折苦，③　　　　近来折柳变得好难啊，

应为别离多。④　　　　应当是离别的人太多。

[注释] ①东风：指春风。与此相应，西风一般指秋风。②青青：指杨柳的颜色。夹（jiā）：因有"中间"之物存在，相应而言"从两侧相持"的形势。这里指河两岸种植着杨柳，两岸的杨柳夹着中间的御河。御河：指京城的护城河。③折：指古代折柳送别的习俗。苦：辛苦，这里指折柳不方便。④为（wèi）：因为，表原因。

13. 劳劳亭①

[唐] 李白

天下伤心处，　　　　　天下最伤心的地方，

劳劳送客亭。　　　　　就是送别的劳劳亭。

春风知别苦，②　　　　春风深知离别之苦，

不遣柳条青。③　　　　不让那柳条儿发青。

[注释] ①劳劳亭：在今江苏省南京市西南，古代著名的送别之地。②知：理解，懂得。别苦：离别之苦。③遣（qiǎn）：令，让，使。

14. 游子吟①

[唐] 孟郊

慈母手中线，游子身上衣。②　　慈母手中的针线，游子身上的裳衣。

临行密密缝，意恐迟迟归。③　　临行前密密缝缀，担心孩子的迟归。

谁言寸草心，报得三春晖？④　　谁说小草的微意，能报慈母的恩情？

[注释] ①游子：离家远游的人。吟：我国古典诗歌中一种可以吟唱的体裁。②衣：本义指上衣，后成为衣服的统称，包括上衣和下裳（cháng）。裳似裙，古时男女都穿。③临：临近，将要。意恐：担心。④寸草：小草，这里比喻子女。报得：报答。三春：农历正月为孟春，二月为仲春，三月为季春，合称"三春"，代指春季。晖（huī）：阳光的光辉。三春晖：用春天阳光的光辉，来比喻慈母的恩情。

15. 江边柳

［唐］雍裕之

袅袅古堤边，①	杨柳柔柔古堤边，
青青一树烟。	青葱的柳枝似烟。
若为丝不断，②	你细如丝却不断，
留取系郎船。③	留取枝条系君船。

[注释] ①袅（niǎo）袅：轻盈柔美的样子。②若：代词，汝，你。为（wéi）：是，像。丝：形容柳条像蚕丝一样细柔。③系（jì）：挂，拴缚。郎：夫君，丈夫。

16. 乡村四月 ①

［宋］翁卷

绿遍山原白满川，②	绿遍山岭平原，稻田水色满川，
子规声里雨如烟。③	杜鹃啼鸣声里，濛濛细雨如烟。
乡村四月闲人少，	乡村里的四月，闲人真是少见，
才了蚕桑又插田。④	忙完蚕桑之事，又忙着插秧苗。

[注释] ①诗题又作"村民即事"。②山原：山岭及原野。川：平原，平地。③子规：杜鹃鸟。④才了（liǎo）：刚刚结束，刚刚忙完。蚕桑：种桑养蚕。插田：插秧。种植水稻的时候，把秧苗移植到稻田里，因其主要动作是把秧苗插入水中，故又名"插田"。

17. 晚春 ①

[唐] 韩愈

草木知春不久归，②　　花草树木知道，春天不久就归去，

百般红紫斗芳菲。③　　万紫千红，争芳斗菲。

杨花榆荚无才思，④　　杨花榆钱虽无才华，也不甘寂寞，

惟解漫天作雪飞。⑤　　只知道化作雪花，满天翻飞。

[注释] ①晚春：暮春，春季的最后时节。②不久归：不久即归去，这里指春天很快就要过去。③百般红紫：万紫千红。④榆荚（jiá）：榆树的果实，俗称"榆钱"。⑤惟解：只知道。漫天：满天。

18. 三月晦日／赠刘评事 ①

[唐] 贾岛

三月正当三十日，②　　今天正好是三月三十日，

风光别我苦吟身。③　　春光就要离开苦吟诗人。

共君今夜不须睡，　　你和我今夜都不要睡了，

未到晓钟犹是春。④　　报晓钟声未响就还是春。

[注释] ①诗题又作"三月晦日送春"。晦（huì）日：农历每月的最后一天。②三十日：也就是"晦日"。③风：一作"春"。风光：风景，景象。"苦吟身"是诗人自称。贾岛与孟郊都是唐代著名的"苦吟诗人"，并称"郊寒岛瘦"。④晓钟：报晓的钟声。

19. 春暮游小园

[宋] 王淇

一从梅粉褪残妆，①　自从梅花凋谢，褪去了残妆，

涂抹新红上海棠。　海棠花开，如涂红妆般艳丽。

开到荼蘼花事了，②　荼蘼花开，春天的花已凋谢，

丝丝天棘出莓墙。③　丝丝天棘爬上长满山莓的墙。

[注释] ①一从：自从。褪（tuì）残妆：退去了残妆，这里是指梅花凋谢。②荼蘼（túmí）：一作"荼蘼"或"酴醾"。花事了（liǎo）：指春天的花都开完了。③天棘（jí）：天门冬，缠在竹木上生长。莓：指山莓之类的小灌木。

20. 莺梭①

[宋] 刘克庄

掷柳迁乔太有情，②　柳树乔木间，翻飞太多情，

交交时作弄机声。③　黄莺鸣叫着，正如织布声。

洛阳三月花如锦，　洛阳的三月，繁花恰似锦，

多少工夫织得成？　用多少工夫，才能够织成？

[注释] ①莺梭（suō）：形容黄莺飞来飞去如同织布机上的梭子穿来穿去。②掷柳：从柳枝上往下投掷，形容黄莺在柳枝间往下飞时那轻快迅捷的样子。迁乔：迁移到乔木上，也形容黄莺往上飞时的美妙状态。③交交：形容黄莺优美的鸣叫声。弄机声：操作织布机时的响声。

21. 暮春即事

[宋] 叶采

双双瓦雀行书案，①　　　　两只麻雀跃行在书案，

点点杨花入砚池。　　　　点点杨花飘飘入砚池。

闲坐小窗读周易，②　　　　闲坐窗前静心读周易，

不知春去几多时。③　　　　不知春日又过了几时。

[注释] ①瓦雀：麻雀。由于麻雀常在房瓦间活动，便将麻雀叫作"瓦雀"。这是很形象的说法。行书案：瓦雀在书案上行走或移动。②周易：中国古代的经典著作，包括《易经》和《易传》。③几多：多少。询问数量。

22. 寒食

[唐] 韩翃

春城无处不飞花，①　　　　暮春长安城，无处不开花，

寒食东风御柳斜。②　　　　寒食东风起，御苑柳枝斜。

日暮汉宫传蜡烛，③　　　　宫中日落时，忙于传蜡烛，

轻烟散入五侯家。④　　　　轻烟飘飘散，弥漫五侯家。

[注释] ①春城：暮春时的长安城。②御柳：御花园里的柳树。③传蜡烛：虽然寒食节禁火，但公侯之家受赐可以点蜡烛。④五侯：指公、侯、伯、子、男五等爵位。这里泛指权贵豪门。寒食节禁火，然而受宠的权贵却享有特权。本诗讥讽的正是他们。

23. 清明

[宋] 魏野

无花无酒过清明，①　　无花也无酒，凄凄凉凉清明，

兴味萧然似野僧。②　　意趣与兴致，似荒山野寺僧。

昨日邻家乞新火，③　　昨天向邻居，借来新生火种，

晓窗分与读书灯。④　　窗前天未明，点亮读书小灯。

[注释] ①无花无酒：依宋人风俗，过清明时，家家赏花饮酒，出外踏青；而诗人过得很凄凉，无心赏花，无酒消愁。②兴味：兴致，趣味。萧然：萧条、冷落的样子。野僧：山野小庙里的僧人。③乞（qǐ）：求，借。新火：唐宋习俗，清明之前，是寒食节，要禁火吃冷食，到清明节再起火，称为"新火"。④分与（yǔ）：分给。这里指用借来的新火点亮读书灯。

24. 清明

[唐] 杜牧

清明时节雨纷纷，①　　清明时节，细雨落纷纷，

路上行人欲断魂。②　　路上行人，如同将断魂。

借问酒家何处有？③　　我问牧童，哪里有酒家？

牧童遥指杏花村。④　　他手指着，远处杏花村。

[注释] ①清明：二十四节气之一，我国传统的祭扫节日。纷纷：形容又多又杂乱。②断魂：销魂神往，形容情深或哀伤。③借问：请问。④杏花村：杏花深处的村庄，后人借指卖酒处。

25. 途中寒食／题／黄梅临江驿／寄崔融①

[唐] 宋之问

马上逢寒食，愁中属暮春。②
途中恰逢寒食节，忧愁时正值暮春。

可怜江浦望，不见洛阳人。③
可惜在江边远眺，看不见我的故人。

北极怀明主，南溟作逐臣。④
惦念北方有明主，流放南海做逐臣。

故园肠断处，日夜柳条新。⑤
故乡家园伤心处，柳条日夜绿又新。

[注释] ①途中寒食：在被贬路途中正逢寒食节。崔融：作者的友人，当时也被贬。②属（zhǔ）：恰逢，正值。③可怜：可惜。洛阳人：一作"洛桥人"，指作者在朝廷的同僚和朋友。④北极：同"北辰"，代指唐朝皇帝。《论语·为政》："为政以德，譬如北辰居其所而众星共之。"怀：惦念。南溟（míng）：南方的大海。⑤故园：故乡。肠断：形容极度悲伤。柳条新：柳条新吐绿。"故园……柳条新"描写，诗人想象故乡的春光，伤心断肠。

26. 长歌行①

汉乐府

青青园中葵，朝露待日晞。②

郁郁葱葱园中葵，旭日升朝露飞逝。

阳春布德泽，万物生光辉。③

暖春布施大恩泽，万物生长耀光辉。

常恐秋节至，焜黄华叶衰。④

常恐肃杀寒秋至，花叶枯黄渐凋摧。

百川东到海，何时复西归？⑤

江河奔流东入海，何时再次向西归？

少壮不努力，老大徒伤悲！⑥

年轻力壮不努力，碌碌终生唯伤悲！

[注释]①长歌行：在汉乐府中属相和歌辞。行：古代诗歌的一种体裁。②葵（kuí）：我国古代蔬菜之一。《诗经·豳风·七月》："七月亨（烹）葵及菽。"朝（zhāo）露：清晨的露水。晞（xī）：晒干，干燥。③阳春：温暖的春天。布：施予，布施。德泽：德化和恩惠。④秋节：秋季的节候，秋季。焜（kūn）黄：形容花叶枯黄的样子。焜：明亮。华（huā）：同"花"。衰（cuī）：等级次第的差别或依次递减，引申为减少、稀疏。⑤百川：泛指众川。川：河流。复：再，又一次。⑥少壮：年轻力壮。老大：年长，年老。徒：空，徒然。

27. 春夜喜雨

[唐] 杜甫

好雨知时节，当春乃发生。①

好雨了解好时节，恰在春天即萌生。

随风潜入夜，润物细无声。②

随风悄自飞入夜，滋润万物细无声。

野径云俱黑，江船火独明。③

野径乌云皆漆黑，唯有江船的灯火。

晓看红湿处，花重锦官城。④

天亮时看红湿处，花朵沉重锦官城。

[注释] ①知：知道，了解。时节：指四时节序，季节。"好雨知时节"，是拟人化的手法。乃：就。发生：萌发，滋长。②潜（qián）：暗中，悄无声息。这里形容春雨随风悄然而至。润物：使万物滋润。润：滋润，沾惠。③野径：山野间的小路。江船火独明：意思是说，看不清江上的船只，只能看见船上的点点灯火，暗示雨意之浓。④晓（xiǎo）：天明，天亮。红湿处：被雨水润湿的花丛。花重（zhòng）：花因为饱含着雨水而变得沉重。

28. 长相思①

[清] 纳兰性德

山一程，水一程，②

山路一程，水路一程，

身向榆关那畔行，③夜深千帐灯。④

人向榆关那边行，夜深千帐煌煌灯。

风一更，雪一更，⑤

刮风一更，下雪一更，

聒碎乡心梦不成，⑥故园无此声。⑦

扰碎乡心梦不成，故乡无此凄凉声。

[注释] ①长相思：词牌名，又名"吴山青""山渐青""相思令""长思仙"等。以白居易词《长相思·汴水流》为正体，双调三十六字，前后片各四句三平韵一叠韵。另有其他变体。②山一程，水一程：意思是山长而水远。程：里程，路程。③榆（yú）关：指山海关。那畔：那边，指关外。④千帐灯：皇帝出巡时临时住宿的行帐的灯火。帐：帐幔，帷幕。"千帐"是夸张的说法，言其多。⑤风一更（gēng），雪一更：说的是整夜风雪交加。更：古代夜间计时单位，一更约两小时，一夜分为五更。⑥聒（guō）：喧扰，声音嘈杂。这里作动词用。乡心：思念家乡的心情。⑦故园：故乡。这里指北京。此声：指风雪交加的声音。

29. 西江月·夜行黄沙道中 ①

[宋] 辛弃疾

明月别枝惊鹊, ① 清风半夜鸣蝉。

明月惊起枝上鹊，清风半夜有鸣蝉。

稻花香里说丰年，听取蛙声一片。 ②

稻花香里聊丰年，听到蛙鸣声一片。

七八个星天外，两三点雨山前。 ③

七八个星星高悬，两三细雨落山前。

旧时茅店社林边, ④ 路转溪桥忽见。 ⑤

以前的茅店在社庙边，路转过溪桥忽然出现。

[注释] ①西江月：原为唐代教坊曲名，后用作词牌名，又名"步虚词""江月令"等。双调五十字。首句不入韵，二三句叶平声韵，结句叶仄声韵。前后两片格律相同。黄沙道：南宋时一条直通江西上饶古城的较繁华官道，东到上饶，西通江西省铅山县。①明月别枝惊鹊：明亮的月光惊醒了栖在枝上的喜鹊。别枝：侧枝，斜枝。别：分支。②取：助词，相当于"着"。③七八个星天外，两三点雨山前：五代时后蜀何光远《鉴诚录·卷五·容易格》有"王蜀卢侍郎延让吟诗，多著寻常容易言语……有松门寺诗云……两三条电欲为雨，七八个星犹在天"。④旧时：昔日，往日。茅店：用茅草盖成的简陋客店。社林：土地庙附近的树林。社：祭土神之所，社庙。见（xiàn）："现"的古字，指显露，出现，被看见。

30. 浣溪沙 · 游蕲水清泉寺①

[宋] 苏轼

游蕲水清泉寺。寺临兰溪，溪水西流。②
游览蕲水清泉寺。此寺临着兰溪，溪水向西流去。

山下兰芽短浸溪，③松间沙路净无泥，
山下兰草嫩芽在溪，松间沙路洁净无泥，

萧萧暮雨子规啼。④谁道人生无再少？⑤
萧萧暮雨杜鹃鸣啼。谁说人生再无少年？

门前流水尚能西！休将白发唱黄鸡。⑥
门前流水尚能往西！不应悲叹年华已逝。

[注释] ①浣溪沙：原为唐代教坊曲名，后用作词牌名。此调分平仄两体，字数以四十二字居多。最早采用此调的是唐人韩偓（wò），通常以其词《浣溪沙·宿醉离愁慢髻（jì）鬟（huán）》为正体，正体双调四十二字，上片三句三平韵，下片三句两平韵。②蕲（qí）水：今湖北省黄冈市浠（xī）水县。清泉寺就在浠水县。据清《蕲水县志》："邑东二里有清泉寺。考故志，唐贞元六年（790年）凿池得井，冽而甘，故以名寺。"③浸：沾湿，淹没。④萧萧：象声词，这里形容雨声。子规：杜鹃鸟。⑤无再少（shào）：无法回到少年时代。⑥白发：人老。唱黄鸡：感慨时光的流逝。由于黄鸡可以报晓，代指时光流逝。休将白发唱黄鸡：反用白居易《醉歌示妓人商玲珑》"黄鸡催晓丑时鸣"的诗意，指不要感叹年华易逝。

365夜古诗词

第 5 辑

1. 古歌

[汉] 无名氏

高田种小麦，　　　　高高岗上种小麦，

终久不成穗。^①　　最终难以结成穗。

男儿在他乡，　　　　男儿漂泊在他乡，

焉得不憔悴？^②　　心力怎能不憔悴？

[注释] ①穗（suì）：谷类顶端结实的部分。②焉：怎能，哪里会。憔悴（qiáocuì）：疲弱萎靡的样子。也指烦扰困苦。

2. 怀琅琊深、标二释子^①

[唐] 韦应物

白云埋大壑，^②　　白云弥漫，像是埋没了深谷，

阴崖滴夜泉。^③　　阴冷山崖，滴沥着夜中山泉。

应居西石室，　　　　他们两人，应住在西石室吧？

月照山苍然。^④　　月光辉映，大山苍茫而寂寒。

[注释] ①琅琊（lángyá）：琅琊山，在今安徽滁州西南。深、标：指滁州僧人法深、道标。释子：佛家子弟，取意于"释迦牟尼"的弟子。②壑（hè）：山谷，大深沟。③夜泉：夜里的泉水。④苍然：茫茫苍苍的样子。

3. 书院

[宋] 刘过

力学如力耕，　　　　努力学习，就像用力耕田，

勤惰尔自知。①　　　是勤是懒，只有自己清楚。

但使书种多，②　　　就像种地，你去多多读书，

会有岁稔时。③　　　总有一天，收获成功之福。

[注释] ①尔（ěr）：你。但使：只要让，只要有。②种（zhòng）：种植。这里指勤奋学习。③稔（rěn）：谷物成熟，积久而成熟。这里比喻获得成功。

4. 南浦别

[唐] 白居易

南浦凄凄别，①　　　南浦一别，凄凄怆怆，

西风袅袅秋。②　　　西风乍起，悠悠寒秋。

一看肠一断，　　　　每次回望，肝肠寸断，

好去莫回头！③　　　放心去，不要再回头！

[注释] ①南浦：泛指面南的水边。后来多泛指为送别的地方。凄（qī）凄：悲伤的样子。别：分别，别离。②西风：秋风。③好（hǎo）去：放心前去。好：便于，合宜。莫：不要。

5. 山中

[唐] 王勃

长江悲已滞，①　　　　长江也悲叹，我已漂泊太久，

万里念将归。②　　　　故乡万里遥，可我久已思归。

况属高风晚，③　　　　何况晚秋凄，山风无情地吹，

山山黄叶飞。　　　　　每一座山上，都是黄叶飘飞。

[**注释**] ①滞（zhì）：滞留。②念：惦记，怀念。念将（jiāng）归：常惦记着归乡，但不能成行。③况属：何况是。高风：秋风。

6. 归雁

[唐] 杜甫

东来万里客，①　　　　春已来，我这离家万里的孤客，

乱定几年归？②　　　　动乱已平定，还要几年才能回？

肠断江城雁，③　　　　看江城的大雁，让人肝肠寸断，

高高向北飞！　　　　　它们正高高地、向北自由地飞！

[**注释**] ①东来：指从东川梓（zǐ）州赴西川成都。宋代郭知达在《九家集注杜诗》中将"东来"解释为"春来"。结合本诗的意境，下文有"雁往北飞"的描述，作"春来"解释更为妥当。万里客：指诗人自己。客：旅居他乡的人。②乱：指安史之乱。定：平定。③江城：指东川的梓州。

7. 杂诗①

[唐] 王维

君自故乡来，　　　您是从我家乡来的，

应知故乡事。　　　该知道家乡的事吧。

来日绮窗前，②　　您来那天，我窗前

寒梅著花未？③　　那株寒梅开花了吗？

[注释]①这是王维《杂诗》的第二首。②来日：来的时候。绮（qǐ）：华丽，美盛。绮窗：雕画精美的窗户。③著（zhuó）：同"着"，指附着。著花：开花。未：没有。用在句末，表示疑问。

8. 渡汉江①

[唐] 宋之问

岭外音书断，②　　在岭南与亲人断了音信，

经冬复历春。③　　熬过冬天又经历了今春。

近乡情更怯，④　　离故乡越近就越觉胆怯，

不敢问来人。⑤　　不敢向故乡来的人打听。

[注释]①《全唐诗》署本诗作者为宋之问，《唐诗三百首》署为李频。②岭外：五岭以南的广大地区，通常称"岭南"。音书：书信。断：一作"绝"。③经：与其后的"历"，都是经过、经历的意思。④怯（qiè）：羞怯，胆小，畏缩。⑤来人：指从家乡来的人。

9. 望木瓜山

[唐] 李白

早起见日出，　　　　　早晨起来看到太阳升起，

暮见栖鸟还。②　　　　　日暮之时又见飞鸟归还。

客心自酸楚，　　　　　旅人的心里本来就酸楚，

况对木瓜山？③　　　　　何况又面对着这木瓜山？

[注释] ①木瓜山：在今安徽省池州市青阳县。一说在今湖南省常德市。本诗的意境是"旅人的酸楚"。诗人看到木瓜山，想起酸涩的木瓜，心中就更酸楚了。②暮：黄昏，傍晚。栖（qī）鸟：栖宿于树上的鸟。况：何况，况且。

10. 山雨

[元] 偰逊

一夜山中雨，　　　　　山中一夜雨不住，

林端风怒号。①　　　　　风在林梢如怒号。

不知溪水长，②　　　　　未见溪涧水势起，

只觉钓船高。③　　　　　只觉垂钓小船高。

[注释] ①端：东西的一头。林端：树林的一头，指树梢。号（háo）：拖长声音大声呼叫。②长（zhǎng）：增长，生长。这里指水位升高。③钓船：用来垂钓的小船。

11. 蝉

[唐] 虞世南

垂緌饮清露，①	饮着甘露，垂着帽缨，
流响出疏桐。②	在桐枝间，鸣声脆清。
居高声自远，	身在高处，自远其声，
非是藉秋风。③	并非凭借，林间秋风。

[注释] ①垂緌（ruí）：帽带末端下垂的部分，这里指蝉用来吸食树木汁液的针状喙。清露：纯净的露水。古人误认为蝉是以露水为生的。②流响：指清脆的蝉鸣声。疏：稀，稀疏。③藉（jiè）：借，凭借。

12. 八阵图①

[唐] 杜甫

功盖三分国，②	功在献策三分国，
名成八阵图。	英名成于八阵图。
江流石不转，③	江水东流石不转，
遗恨失吞吴。④	遗恨是吞吴失策。

[注释] ①八阵（zhèn）图：相传三国时诸葛亮创造的一种阵法。②盖：胜过，压倒。三分国：指三国时魏、蜀、吴三国鼎立。③转：旋转，转动。④遗恨：余恨，遗憾。

13. 夏日山中

[唐] 李白

懒摇白羽扇，　　　　　懒得摇动白羽扇，

裸袒青林中。①　　　　赤膊游走翠林中。

脱巾挂石壁，②　　　　摘下头巾挂石壁，

露顶洒松风。③　　　　头顶拂过松间风。

[注释] ①裸袒（luǒtǎn）：赤身露体。这里形容诗人不拘礼法的样子。青林：指山中苍翠的林木。②脱巾：摘下帽子。巾：冠的一种，以葛或缣（细密的绢）织成，横着戴在额上，古时尊卑共用。③露（lù）顶：露出头顶。松风：吹过松间的风。

14. 哥舒歌①

[唐] 西鄙人

北斗七星高，　　　　　北斗七星挂高高，

哥舒夜带刀。　　　　　哥舒深夜佩宝刀。

至今窥牧马，②　　　　至今吐蕃窥牧马，

不敢过临洮。③　　　　不敢向前过临洮。

[注释] ①哥舒：指哥舒翰（？—757 年），新旧《唐书》有传。②窥（kuī）：窥探，窥伺。牧马：指吐蕃（bō）以越境放牧的方式进行侵扰。③临洮（táo）：在今甘肃省临洮县，因临近洮河得名。

15. 塞下曲 ①

[唐] 卢纶

林暗草惊风，②   树林黑暗，风吹草动。

将军夜引弓。③   前若伏虎，将军开弓。

平明寻白羽，④   天刚黎明，去寻那箭，

没在石棱中。⑤   不料已经，刺入石中。

[注释] ①塞（sài）下曲：唐代乐府诗的题目，多写边塞的军旅生活。卢纶《塞下曲》共六首，这是第二首。②惊风：这里指突然被风吹动。③引弓：拉弓，开弓。④平明：天刚亮的时候。白羽：以羽毛为材料制成的器物，有多种。这里指羽箭。⑤没（mò）：沉没，没入。这里是刺进的意思。石棱（léng）：石头的棱角，也指多棱的山石。

16. 榴花 ①

[唐] 韩愈

五月榴花照眼明，②   五月榴花红艳通明，

枝间时见子初成。③   枝间多见石榴成形。

可怜此地无车马，④   可惜此地没有车马，

颠倒青苔落绛英。⑤   散落苔上一层红英。

[注释] ①这是韩愈《题张十一旅舍三咏》的第一首。诗题又作"题榴花"。②照眼：耀眼。③时见：常见，不时会见到。④可怜：可惜。车马：这里指达官贵人所乘的车马。⑤颠倒（dǎo）：这里指回旋翻转，形容落下的榴花杂乱的样子。绛（jiàng）：深红色。绛英：深红色的花瓣。这里指石榴花花瓣。

17. 与史郎中／钦／听黄鹤楼上吹笛①

[唐] 李白

一为迁客去长沙，②　　一旦被贬，就像贾谊到长沙，

西望长安不见家。　　西望长安，只见群山不见家。

黄鹤楼中吹玉笛，　　黄鹤楼中，有人吹起了玉笛，

江城五月落梅花。③　　江城五月，听到名曲落梅花。

[注释] ①郎中：官职。钦：史郎中的名，生平不详。②一为（wéi）：一旦成为。迁客：被贬谪的人。汉代贾谊因遭权臣谗谤，被贬为长沙王太傅；李白因参加永王集团，而以"附逆罪"流放夜郎。在这里，李白以贾谊被贬自比。③西望长安不见家：李白一生迁徙不定，当时家属都在长安。家人在哪里，家就在哪里，所以诗句这么写。④江城：这里指黄鹤楼的所在地夏口。夏口城在长江、汉水之滨，所以称"江城"。落（lào）梅花：即"梅花落"，汉乐府二十八横吹曲之一，古代笛子名曲，自汉、魏至明、清，一直广为流传。本诗为押韵而前置"落"字。

18. 闲居初夏／午睡起①

[宋] 杨万里

梅子留酸溅齿牙，②　　梅子流汁，酸倒人的齿牙，

芭蕉分绿上窗纱。③　　绿色的芭蕉，映照着窗纱。

日长睡起无情思，④　　白天漫长，醒后特别慵懒，

闲看儿童捉柳花。　　闲看儿童，捕捉纷飞柳花。

[注释] ①这是杨万里《闲居初夏午睡起二绝句》之一。②梅子：一种果实，味道很酸。留酸：一作"流酸"。溅：一作"软"。③芭蕉（bājiāo）分绿：本义是芭蕉把绿色分出去一部分，写芭蕉的绿色映照在窗纱上。上：一作"与"。④日长（cháng）：指夏日白天变长。思：意绪，情绪。

19. 清昼 ①

[宋] 朱淑真

竹摇清影罩幽窗，②　　竹枝摇动着清影，笼罩了幽窗，

两两时禽噪夕阳。③　　三三两两的禽鸟，聒噪着夕阳。

谢却海棠飞尽絮，④　　海棠已经凋谢，柳絮也已飞尽，

困人天气日初长。⑤　　让人困乏的白昼，却越来越长。

[注释] ①诗题在《宋诗纪事》《宋诗钞补》作"初夏"。②幽窗：幽静的窗子。
③两两：双双。时禽：应时令而飞来或鸣叫的禽鸟。噪：嘈杂。④谢却：凋谢。絮：柳絮。
⑤困人：让人困倦。日初长（cháng）：白日开始延长。

20. 初夏游张园 ①

[宋] 戴复古

乳鸭池塘水浅深，②　　小鸭嬉戏池塘，水或浅或深，

熟梅天气半晴阴。　　梅子已经熟了，天半晴半阴。

东园载酒西园醉，③　　携酒畅饮，游了东园西园，

摘尽枇杷一树金。　　摘尽枇杷，满树果实像黄金。

[注释] ①一说本诗作者为戴复古之父戴敏，诗题为"小园"。②乳鸭：雏鸭。③
载（zài）酒：携酒。

21. 大林寺桃花①

[唐] 白居易

人间四月芳菲尽，②   人间四月百花开尽，

山寺桃花始盛开。   山寺桃花刚刚盛开。

长恨春归无觅处，③   常常遗憾春去难寻，

不知转入此中来。   不知它已到这里来。

[注释] ①大林寺：在庐山大林峰，中国佛教胜地之一。②人间：人世间，一说指庐山下的村落。芳菲：花草，也指花草的芳香。③恨：遗憾，惋惜。春归：春天回去，指春季结束。觅（mì）：寻找。转（zhuǎn）入：转移到。

22. 村晚

[宋] 雷震

草满池塘水满陂，①   水草满了池，水要漫出塘，

山衔落日浸寒漪。②   远山含落日，映在水波上。

牧童归去横牛背，   牧童正回家，横骑牛背上，

短笛无腔信口吹。③   随意吹短笛，无调也无腔。

[注释] ①陂（bēi）：池塘。②衔（xián）：口含。山衔落日：指落日半挂在山腰，像被山含住了。浸：淹没。寒漪（yī）：有些凉意的水波。③腔：腔调，曲调。信口：随口。

23. 小池

[宋] 杨万里

泉眼无声惜细流，①　　　泉眼无声，像是舍不得泉水流走，

树荫照水爱晴柔。②　　　树荫映在水面，喜爱晴日的温柔。

小荷才露尖尖角，③　　　鲜嫩的荷花，才露出尖尖的小角，

早有蜻蜓立上头。④　　　不知何时蜻蜓飞来了，立在上头。

[注释] ①惜：爱惜。②晴柔：晴天里柔和的风光。③小荷：嫩荷，指刚刚长出水面的嫩荷花。露（lù）：显露，显现。尖尖角：尚未展开的嫩荷的尖端。④头：顶部，上方。

24. 四时田园杂兴①

[宋] 范成大

梅子金黄杏子肥，　　　梅子变金黄，杏子长得肥，

麦花雪白菜花稀。②　　　荞麦花雪白，油菜花稀稀。

日长篱落无人过，③　　　天长篱影短，没人从此过。

惟有蜻蜓蛱蝶飞。④　　　蜻蜓和蝴蝶，相绕来去飞。

[注释] ①杂兴（xìng）：随时随地有感而发而创作的诗篇。《四时田园杂兴》是范成大退居家乡后写的田园组诗，分春日、晚春、夏日、秋日、冬日五部分，每部分各十二首，共六十首。这是范成大《四时田园杂兴·夏日田园杂兴十二绝》中的第一首，总第二十五首。②麦花：荞麦花。菜花：油菜花。③日长（cháng）：白天变长。篱（lí）落：描述篱笆的影子随太阳的升高而变短。④蛱（jiá）蝶：蝴蝶的一种，又名"野蛾""风蝶"。

25. 四时田园杂兴

[宋] 范成大

昼出耘田夜绩麻，①   白天锄草夜晚搓麻，

村庄儿女各当家。   农家男女各自当家。

童孙未解供耕织，②   小孩不懂耕田织布，

也傍桑阴学种瓜。③   桑树荫里学着种瓜。

[注释] ①本诗是范成大《四时田园杂兴·夏日田园杂兴十二绝》中的第七首。②未解：不懂，不知道。供（gòng）：从事，担任，参加。③桑阴：桑树的树荫。

26. 望天门山①

[唐] 李白

天门中断楚江开，②   天门山好像是被长江劈开，

碧水东流至此回。③   东流的碧绿江水至此回转。

两岸青山相对出，④   两岸的青山相对耸立而出，

孤帆一片日边来。   孤舟一叶仿佛从日边飘来。

[注释] ①天门山：位于今安徽省马鞍山市和县与芜湖市的长江两岸，在江北的叫西梁山，在江南的叫东梁山，两山隔江对峙，形同天然的门户，由此得名。②中断：从中间被江水隔断。楚江：长江。因古代长江中游地带属楚国，故称"楚江"。③至此：意思是东流的江水在此转向北流。回：返回。④两岸青山：分别指东梁山和西梁山。出：出现，也可理解为超过。

27. 月夜

[唐] 杜甫

今夜鄜州月，闺中只独看。①

今天夜里鄜州天上的圆月，只有你在闺房中独自仰观。

遥怜小儿女，未解忆长安。②

远在他乡怜爱幼小的儿女，无人懂得你为何思念长安。

香雾云鬟湿，清辉玉臂寒。③

清香的雾气打湿你的云鬟，清冷的月光令你玉臂生寒。

何时倚虚幌，双照泪痕干？④

何时才能一起靠在薄帷边，让月光把你我的眼泪擦干？

[注释] ①鄜（fū）州：今陕西省富县。当时杜甫被禁于长安，而家人在鄜州。这首诗写的是离乱中的相思之情。闺（guī）中：内室，女子所住的地方。②未解：不懂，不懂得。③香雾：雾本不香，香气是从沐浴后的云鬟中散发出来的，所以说"香雾"。云鬟：古代妇女的环形发式。清辉：指皎洁的月光。香雾云鬟湿，清辉玉臂寒：妻子望月已久，云鬟被雾沾湿，散发出香气，琼玉般的胳膊也凉透了。这是杜甫想象中的情景。④虚幌：透光的窗帘或薄帷。幌（huǎng）：帷幔，窗帘。

28. 月夜忆舍弟①

[唐] 杜甫

戍鼓断人行，秋边一雁声。②

戍楼鼓声禁断人通行，秋日边地响起一雁声。

露从今夜白，月是故乡明。③

白露节气从今夜开始，月亮还是故乡的最亮。

有弟皆分散，无家问死生。④

有兄弟却都分散各处，没有家无法探问死生。

寄书长不达，况乃未休兵。⑤

寄出书信常没法送达，何况战争还没有结束。

[注释] ①舍（shè）弟：对人自称其弟的谦词。②戍（shù）鼓：边防驻军的鼓声。戍：防守，守边。断人行（xíng）：禁绝人行路，指宵禁很严。秋边：秋天的边地（边塞）。一作"边秋"。一雁：指孤雁。古代以雁行比喻兄弟。这里比喻自己孤独无依。③露从今夜白：指从今夜进入了白露节气。④无家：当时杜甫在巩县（今河南省巩义市）的老家毁于安史之乱的战火。⑤书：书信。长（cháng）：长久。况乃：况且，何况是。未休兵：战争还没有结束。

29. 咏怀古迹

[唐] 杜甫

诸葛大名垂宇宙，宗臣遗像肃清高。 ②

诸葛亮大名永流传在天地间，重臣遗像前肃敬于高尚节操。

三分割据纡筹策，万古云霄一羽毛。 ③

三分天下都靠他精密的谋划，他犹如鸾凤翱翔在万古云宵。

伯仲之间见伊吕，指挥若定失萧曹。 ④

才华绝代足可比肩伊尹吕尚，他指挥若定，功业超过萧曹。

运移汉祚终难复，志决身歼军务劳。 ⑤

汉朝的气运已尽终究难恢复，他志向坚定因军务繁劳殉职。

[**注释**] ①咏怀：用诗歌抒发情怀抱负。它本源于《离骚》，也有人认为源于《诗经·小雅》。杜甫《咏怀古迹》共五首，这是第五首。②垂：留传，流传。宇宙：天地。宗臣：人所尊崇的大臣。肃清高：对诸葛亮的高风亮节肃然起敬。清高：纯洁高尚。③三分割据：指魏、蜀、吴三国鼎立。纡（yū）：屈曲，回旋。筹策：本为古代的计算用具，代指谋划。万古：千年万代，极言长久。云霄一羽毛：高翔于云霄的飞鸟，比喻诸葛亮旷古未有的奇才。④伯仲（zhòng）：指兄弟的次第，比喻人或事物不相上下。伊吕：指伊尹、吕尚。伊尹辅佐商汤，吕尚辅佐周文王和周武王，都是历史上享有盛名的大臣。指挥若定：形容冷静周全，指挥起来如同一切都是事先定好的。萧曹：萧何和曹参，是汉朝的开国元勋。失萧曹：指萧、曹的功业不能和他相比。⑤运：国运，运数。祚（zuò）：皇帝之位，君主的位置。志决身歼：志向坚定，舍生忘死。

30. 转应词·边草①

[唐] 戴叔伦

边草，

边地的野草，

边草，

边地的野草，

边草尽来兵老。②

你枯尽了兵士已老。

山南山北雪晴，③

山南山北雪后放晴，

千里万里月明。

千里万里到处月明。

明月，

明明之月，

明月，

明明之月，

胡笳一声愁绝。④

胡笳一响，忧愁欲绝。

[注释] ①转应词：词牌名，又名"调笑令""宫中调笑""古调笑""三台令"等。三十二字，四仄韵，两平韵，两叠韵。边草：边塞的草。②尽：死亡。来：略同于"了""啊"，表示动作的结果。"尽"要重读，"来"要轻读。③雪晴：雪后转晴。④胡笳（jiā）：乐器，形似笛子，其音苍凉。

31. 调笑令·团扇

[唐] 王建

团扇，①

团扇，

团扇，

团扇，

美人病来遮面。

美人病后用它遮面。

玉颜憔悴三年，②

抱病三年容颜憔悴，

谁复商量管弦？③

谁再同她讨论管弦？

弦管，

弦管，

弦管，

弦管，

春草昭阳路断。④

春草阻断昭阳之路。

[注释] ①团扇：圆扇，也叫宫扇。②遮（zhē）面：挡住面庞。玉颜：形容美丽的容貌，多指美女。③复：再。管弦（xián）：指管乐器与弦乐器，一般用丝竹做成，也泛指乐器。④昭阳：昭阳殿，借指皇帝和宠妃享乐之地。

365夜古诗词

第6辑

1. 塞下曲①

[唐] 卢纶

月黑雁飞高，②	大雁孤飞，月黑风高，
单于夜遁逃。③	趁着夜色，单于奔逃。
欲将轻骑逐，④	正要率领，轻骑兵追，
大雪满弓刀。	大雪纷飞，覆满弓刀。

[注释] ①卢纶《塞下曲》共六首，这是第三首。②月黑：没有月光。③单于（chányú）：汉代对匈奴首领的称呼。这里指入侵者的统帅。遁（dùn）：逃。④轻骑（jì）：轻装的骑兵。逐（zhú）：追击，追赶。

2. 塞下曲

[唐] 许浑

夜战桑乾北，①	桑乾河北，一场夜战。
秦兵半不归。②	秦地士兵，战死过半。
朝来有乡信，③	次日早晨，收到家信。
犹自寄寒衣。④	依然寄来，御寒冬衣。

[注释] ①桑乾（gān）北：桑乾河北岸。桑乾河：三国、两晋时期的灅（lěi）水，隋唐时期称"桑乾河"。②秦兵：唐代的都城长安在关中一带，是秦国的旧地，所以称唐军为"秦兵"。半不归：一半回不来。这里指战死疆场，不能返乡。③乡信：家信。④犹自：仍然。

3. 行军九日／思／长安故园

[唐] 岑参

强欲登高去，①	重阳时节，勉强遵习俗，
无人送酒来。	行军途中，无人送酒来。
遥怜故园菊，②	远在他乡，怜惜故园菊，
应傍战场开。	想它应当，紧挨战场开。

[注释] ①强（qiǎng）：勉强。登高：中国古代以奇数为阳，其中九是最大的阳数。农历九月初九是个特殊的日子，它的月与日都是最大的阳数，两"阳"相重，故名"重阳"，是我国重要的传统节日，又名"登高节""菊花节""茱萸节"。古代风俗，在重阳节时登高、赏菊、饮酒，以避灾祸。②遥：远远地。怜：怜惜，怜爱。

4. 从军行

[唐] 王昌龄

大将军出战，	大将军挂帅亲自出战，
白日暗榆关。①	征尘遮蔽白天的榆关。
三面黄金甲，②	铠甲军士，三面合围，
单于破胆还。	单于胆寒，夺路逃窜。

[注释] ①暗：使动用法，使……变暗。榆关：隋开皇三年（583 年）在今秦皇岛抚宁榆关镇修筑城关。②黄金甲：对铠甲的美称。这里用来代指士兵，形容王者之师军容整肃，凛然不可侵犯。

5. 马诗①

[唐] 李贺

此马非凡马，　　　　这马可不是人间的凡马，

房星本是星。②　　　房星却真是天上的星星。

向前敲瘦骨，　　　　你上前敲敲这马的瘦骨，

犹自带铜声。③　　　仿佛仍听见铮铮的铜声。

[注释] ①李贺《马诗》共二十三首，这是第四首。②房星：星宿（xiù）。古代用它代指天马。③犹（yóu）自：尚且，尚自。

6. 马诗

[唐] 李贺

大漠沙如雪，　　　　月下的大漠好像覆上了白雪，

燕山月似钩。①　　　燕山的秋月就像个弯弯的钩。

何当金络脑，②　　　何时骏马能套上金饰的笼头，

快走踏清秋。③　　　纵马驰骋在清凉的疆场之秋。

[注释] ①这是李贺《马诗》的第五首。燕（yān）山：在今河北省东北部。钩：兵器名。《汉书·韩延寿传》："钩亦兵器也，似剑而曲，所以钩杀人也。"②何当：当何，在什么时候。络脑：辔（pèi）头，马笼头。金络脑：用黄金装饰的马笼头，形容极其华贵。③走：跑，驰骋。清秋：天气凉爽的秋天。

7. 时雨

[宋] 陆游

时雨及芒种，^①　　芒种降下及时雨，

四野皆插秧。　　　田野农人插秧忙。

家家麦饭香，　　　家家闻得麦饭香，

处处菱歌长。^②　　处处有悠长菱歌。

[注释] ①芒种（zhòng）：二十四节气之一。民间有"芒种不种，种了无用"的谚语，意思是到了芒种时节，春播作物如包谷、豆类、棉花等作物，必须抢时播种；其他如烤烟、红苕等作物，也必须抢时移栽。如果错过了这个节气，作物就会大大减产。及：追上，赶上。②菱（líng）歌：采菱之歌，采菱角时唱的歌。长（cháng）：指歌声余韵悠长。

8. 送／朱大／入秦^①

[唐] 孟浩然

游人五陵去，^②　　朱大将去长安武陵，

宝剑值千金。　　　我有宝剑价值千金。

分手脱相赠，^③　　分别之时解下相送，

平生一片心。　　　以表今生友爱之心。

[注释] ①朱大：生平不详。因其在家族兄弟中排行第一，所以称"朱大"。秦：这里指秦地。②游人：游子或旅客。这里指朱大。五陵：指西汉五帝陵，即长陵、安陵、阳陵、茂陵、平陵。汉朝皇帝每立陵墓，都把四方豪族和外戚迁至陵墓附近居住。后来诗文中常以五陵代指豪门士族聚居之地。③脱：解下，解去。

9. 壮士吟

[唐] 贾岛

壮士不曾悲，　　　　壮士从来不曾伤悲，

悲即无回期。　　　　如若悲伤就难归回。

如何易水上，①　　　为何在那易水河畔，

未歌先泪垂？②　　　尚未高歌已先流泪？

[注释] ①易水：荆轲入秦行刺秦王，燕太子丹在易水河畔送别荆轲。②泪垂：眼泪流下。

10. 所见

[清] 袁枚

牧童骑黄牛，　　　　牧童骑在黄牛背上，

歌声振林樾。①　　　歌声嘹亮振树林。

意欲捕鸣蝉，②　　　忽然想要捕捉鸣蝉，

忽然闭口立。　　　　立即闭上嘴巴凝望。

[注释] ①振：振荡，回荡。林樾（yuè）：树林。樾：指道旁林荫树。②欲：想要。鸣蝉：鸣叫的知了。

11. 西施滩①

[唐] 崔道融

宰嚭亡吴国，②　　是伯嚭让吴国灭亡，

西施陷恶名。③　　而西施却身背恶名。

浣纱春水急，④　　那浣纱的春水湍急，

似有不平声。　　好像在为她鸣不平。

[注释] ①西施：春秋时期越国苎（zhù）萝人，又作"先施"（先、西古音同）、"西子"。②宰嚭（pǐ）：伯嚭。春秋时期吴国的太宰，又称"太宰嚭"。在吴越战争中，吴王夫差（chāi）打败越国，俘虏了越王勾践及群臣。勾践通过贿赂伯嚭，获得释放。回国后，勾践卧薪尝胆，奋发图强，最后灭了吴国。恶（è）名：指让吴国亡国的坏名声。③陷：坠落，陷入。④浣（huàn）：洗涤。

12. 离骚

[唐] 陆龟蒙

天问复招魂，①　　屈原的招魂和天问，

无因彻帝阍。②　　无法穿透楚国宫门。

岂知千丽句，　　哪知再华丽的辞藻，

不敌一谗言？③　　也不敌小人的谗谮？

[注释] ①天问：屈原《楚辞》篇名。全诗以两句或四句为一组，对自然现象、神话等提出许多疑问，表现了屈原对传统思想与历史人物的批判态度，以及对天地万物的探索精神。招魂：屈原《楚辞》篇名。屈原深痛楚怀王之客死他乡而招其魂。②无因：无由，无法。彻：穿透，贯通。阍（hūn）：宫门，也指门。敌：抵挡。③谗（chán）言：诬陷、毁谤或挑拨离间的坏话。

13. 视刀环歌

［唐］刘禹锡

常恨言语浅，②	常常遗憾言语肤浅，
不如人意深。③	不如人的情绪丰富。
今朝两相视，④	今日两人相互对视，
脉脉万重心。⑤	含蓄隐晦表达情感。

［注释］①刀环：刀头的环。《汉书·李广传》："（任）立政等见陵，未得私语，即目视陵，而数数自循其刀环，握其足，阴谕之，言可归还汉也。""环"谐音"还"，"握其足"暗示走路离开。②恨：遗憾。③人意：人的意愿、情绪。④今朝（zhāo）：今天，今日。⑤脉（mò）脉：形容含情不语的样子。万重（chóng）心：形容内心感情的复杂。

14. 碧涧驿晓思①

［唐］温庭筠

香灯伴残梦，	香灯伴我惝恍梦，
楚国在天涯。②	楚国梦萦在天涯。
月落子规歇，③	月已落下杜鹃歇，
满庭山杏花。	庭院落满山杏花。

［注释］①碧涧驿（yì）：具体位置不详。根据诗意，应是与诗人怀想的"楚国"相隔遥远的山间驿舍。②楚国：诗人是山西太原人，但在江南很久，便以古楚国为故乡。③子规：又叫"杜宇""杜鹃"等，鸣叫的声音极其悲哀，所以有杜鹃啼血或杜鹃啼归的说法。

15. 夏日绝句

[宋] 李清照

生当作人杰，①   活着，要当人中的豪杰，

死亦为鬼雄。②   死了，就做鬼中的英雄。

至今思项羽，   至今人们仍然怀念项羽，

不肯过江东。③   因他不肯苟且退回江东。

[注释] ①人杰：杰出的人物。②鬼雄：鬼中的强者，出自屈原《九歌·国殇（shāng）》："身既死兮神以灵，子魂魄兮为鬼雄。"③江东：秦末项羽自称与江东子弟八千人渡江而西，指吴中而言。

16. 客中行

[唐] 李白

兰陵美酒郁金香，②   兰陵美酒，散发郁金香气，

玉碗盛来琥珀光。③   盛满玉碗，泛出琥珀之光。

但使主人能醉客，④   只要能够，使他乡之客醉，

不知何处是他乡。⑤   毫不知觉，何处才是异乡。

[注释] ①诗题又作"客中作"。客中：指旅居他乡。②兰陵：在今山东省临沂市兰陵县。郁金：一种香草。一说为树名，其花也用作浸酒的香料。郁金香：散发郁金的香气。③玉碗：玉制的食器，也泛指精美的碗。琥珀（hǔpò）：这里形容美酒色泽如琥珀。④但使：只要。醉客：让客人喝醉酒。醉：使动用法，使……醉。⑤他乡：异乡，家乡以外的地方。

17. 三衢道中 ①

[宋] 曾几

梅子黄时日日晴， ②　　梅子黄透时，天天都放晴，

小溪泛尽却山行。 ③　　泛舟溪尽头，再从山路行。

绿阴不减来时路， ④　　苍翠的树荫，如同来时路，

添得黄鹂四五声。　　　只是增添了，鹂鸣四五声。

[注释] ①三衢（qú）：衢州，今浙江省常山县，因境内有三衢山而得名。三衢道中：在去衢州的路上。②梅子黄时：梅子成熟的季节，五月。③泛：乘船，泛舟。尽：尽头。小溪泛尽：乘小船行至小溪尽头。却：再。却山行：再走山间小路。④绿阴：苍绿的树荫。不减：没减多少，差不多。

18. 竹楼 ①

[唐] 李嘉祐

傲吏身闲笑五侯， ②　　傲吏悠闲，不慕显赫五侯，

西江取竹起高楼。　　　西江边上，伐竹修建高楼。

南风不用蒲葵扇， ③　　南风吹起，不用摇那蒲扇，

纱帽闲眠对水鸥。 ④　　头戴纱帽，安闲歇息对水鸥。

[注释] ①诗题又作"寄王舍人竹楼"。②傲吏：高傲的官吏。③蒲（pú）葵：一种草，叶、柄可以制作扇子。④纱帽：乌纱帽。水鸥：泛指水鸟。

19. 直／中书省①

[唐] 白居易

丝纶阁下文章静，②　　值班丝纶阁，清静无需拟文章，

钟鼓楼中刻漏长。③　　钟鼓楼刻漏，漏中水多时间长。

独坐黄昏谁是伴？　　独坐黄昏中，何人来与我相伴？

紫薇花对紫薇郎。④　　只有紫薇花，对着我这紫薇郎。

[注释] ①诗题在白居易《白氏长庆集》中作"紫薇花"。直：值班，值勤。中书省：官署。②丝纶（lún）阁：指为皇帝撰拟诏书的阁楼。丝纶：帝王的诏书，出自《礼记·缁衣》："王言如丝，其出如纶。"③刻漏：即漏壶。④紫薇：因唐代中书省栽紫薇，常代指中书省。紫薇郎：代指中书郎。

20. 北山①

[宋] 王安石

北山输绿涨横陂，②　　北山输送碧绿，山泉流入横池，

直堑回塘滟滟时。③　　渠塘或直或曲，波光闪耀之时。

细数落花因坐久，　　细细数着落花，因而长久闲坐，

缓寻芳草得归迟。　　慢慢寻芳觅草，于是回归得迟。

[注释] ①北山：现今南京东郊的钟山。②输绿：本义是"输送绿色"。这里指的是北山的山泉向下流淌。涨（zhǎng）：水位升高。③堑（qiàn）：沟。回塘：弯弯曲曲的池塘。滟（yàn）滟：水闪闪发光的样子。

21. 回乡偶书①

[唐] 贺知章

少小离家老大回，②
乡音无改鬓毛衰。③
儿童相见不相识，
笑问客从何处来。④

年少时离开家乡，年老才归来，
口音没变，两鬓却已斑白。
家乡的孩子们，见了我都不认识，
笑着问我：客人您从哪里来？

[注释] ①偶：偶然。书：书写。偶书：偶然间写出来的诗篇。贺知章《回乡偶书》共两首，这是第一首。②少（shào）小：年幼时。老大：年长，年老时。③鬓毛：鬓角的头发。衰（cuī）：减少，稀疏，指鬓发因年老而变得稀疏斑白。本诗"回""衰""来"押韵，《集韵·灰韵》"衰"字仓回切，读"cuī"。④客：客人，这里指诗人自己。

22. 夏日登／车盖亭①

[宋] 蔡确

纸屏石枕竹方床，
手倦抛书午梦长。
睡起莞然成独笑，②
数声渔笛在沧浪。③

纸做屏风石做枕，躺卧在竹方床上，
手已疲惫将书掷，午间小憩睡梦长。
睡足神惬心中乐，莞尔一笑意徜徉，
听得几声渔笛起，沧浪水上苍茫茫。

[注释] ①诗题又作"水亭"。车盖亭：在今湖北省安陆市西北。②莞（wǎn）然：微笑的样子。典出《论语·阳货第十七》："子之武城，闻弦歌之声。夫子莞尔而笑曰：'割鸡焉用牛刀？'"③沧浪（láng）：汉水。《楚辞·渔父》："渔父莞尔而笑，鼓枻而去。乃歌曰：'沧浪之水清兮，可以濯吾缨；沧浪之水浊兮，可以濯吾足。'"

23. 观书有感①

[宋] 朱熹

昨夜江边春水生，　　　昨夜江边春水大涨，

蒙冲巨舰一毛轻。②　　巨大战船鸿毛般轻。

向来枉费推移力，③　　之前白费推移之力，

此日中流自在行。④　　今日中流自在前行。

[注释]①这是朱熹《观书有感二首》中的第二首。诗人以春潮之涨喻知识之增，揭示了读书学习的重要性。朱熹的诗有理趣而无理障。如果不知诗题，读者甚至意识不到这是一首劝学诗。②蒙冲：又作"艨艟"（méngchōng），古代的巨型战船，这里指大船。③向来：原先，此前。这里指春水未涨的时候。枉（wǎng）费：徒然花费，白白地浪费。推移力：推移大船所用的力气。推移：人工推挽牵拉。④中流：河流之中。

24. 冷泉亭①

[宋] 林稹

一泓清可沁诗脾，②　　一道清泉，沁人心脾引诗意，

冷暖年来只自知。③　　年复一年，泉水冷暖唯自知。

流出西湖载歌舞，④　　流向西湖，流水载歌复载舞，

回头不似在山时。　　　回头再看，不像在山中之貌。

[注释]①诗题又作"冷泉"。冷泉亭：位于杭州西湖灵隐寺的飞来峰下，亭前有冷泉，通西湖。②泓（hóng）：深水，潭。沁（qìn）：渗透。诗脾（pí）：指"诗兴"。③只自知：只有自己知道。④载（zài）：词缀，嵌在动词前边。如，晋陶渊明《归去来兮辞》："载欣载奔。"

25. 寒夜

[宋] 杜耒

寒夜客来茶当酒，

寒夜客人至，以茶当美酒，

竹炉汤沸火初红。①

竹炉炭火红，壶中水已沸。

寻常一样窗前月，

窗前的月光，与平常一样，

才有梅花便不同。②

一有了梅花，立时便不同。

[注释] ①竹炉：一种烧炭的小火炉，外壳用竹篾等编成，炉芯用泥。炉中间有铁栅，上为炭火，下为炭灰。古人常用竹炉烹茶。汤沸（fèi）：热水沸腾。汤：热水。②才有：一有。

26. 辋川闲居／赠／裴秀才迪①

［唐］王维

寒山转苍翠，秋水日潺湲。②

寒山变得分外苍翠，秋水日夜缓流淌。

倚杖柴门外，临风听暮蝉。③

拄杖伫立在柴门外，迎风倾听秋后鸣蝉。

渡头余落日，墟里上孤烟。④

渡口夕阳就要落山，村落升起一缕炊烟。

复值接舆醉，狂歌五柳前。⑤

又遇裴迪饮酒大醉，在我面前放声高歌。

[注释] ①辋川：在今陕西省蓝田县南部终南山下。裴秀才迪：裴迪。②转（zhuǎn）苍翠：变为青绿色。一作"积苍翠"。潺湲（chányuán）：水流的样子。③暮蝉：晚蝉，秋后的蝉。这里指的是它的叫声。④渡头：渡口。墟（xū）里：村落。孤烟：独起的炊烟。⑤值：遇到。接舆（yú）：春秋时楚国的隐士，假装疯狂，以此保全性命于乱世。因他迎孔子车驾而放歌，故称"接舆"。这里代指裴迪。五柳：指陶渊明。陶渊明写有带有自传色彩《五柳先生传》。王维在此以"五柳先生"自比。

27. 天末怀李白①

[唐] 杜甫

凉风起天末，君子意如何？②

冷风自天边刮起来，你在远方心境如何？

鸿雁几时到？江湖秋水多。③

书信不知几时才到，江湖险恶秋水太多。

文章憎命达，魑魅喜人过。④

有才华的人遭忌恨，鬼怪最喜别人犯错。

应共冤魂语，投诗赠汨罗。⑤

你与屈原能够共语，应投诗赠与汨罗江。

[注释] ①天末：天边，指极远的地方。当时杜甫客居秦州（今甘肃省天水市）。这里地处边塞，如在天边。当时李白被流放夜郎，途中遇赦。②君子：指李白。③鸿雁：本为鸟名，大的叫鸿，小的叫雁，常比喻书信。古代有鸿雁传书的说法。江湖：泛指五湖四海各地，如俗话所说流浪四方为"走江湖"。这里比喻充满风波坎坷的路途。④命达：相当于"命途"，指一个人的命运、遭遇。文章：这里泛指文学艺术。文章憎（zēng）命达：有文才的人总是命薄，遭人忌恨。魑魅（chīmèi）：迷信传说称山神、鬼怪。这里比喻坏人或恶势力。过：过错，过失。魑魅喜人过：魑魅幸灾乐祸。这里指李白被贬是被诬陷。⑤冤魂：指屈原。汨（mì）罗：汨罗江。屈原被放逐，投汨罗江而死。

28. 寄 / 李儋、元锡①

[唐] 韦应物

去年花里逢君别，今日花开又一年。

去年花里与您离别，今日花开又是一年。

世事茫茫难自料，春愁黯黯独成眠。②

世事茫茫命运难料，春愁浓浓孤枕成眠。

身多疾病思田里，邑有流亡愧俸钱。③

身多疾病思归田园，看着流民愧对俸禄。

闻道欲来相问讯，西楼望月几回圆？④

听说您要前来探望，在西楼几度观月圆？

[注释] ①本诗于唐兴元元年（784 年）春作于滁（chú）州。李儋、元锡曾分别于唐建中三年（782 年）秋及四年（783 年）春来滁州拜访韦应物。据韦诗，李儋（dān）曾任殿中侍御史，建中年间，参太原马燧（suì）幕府。元锡：字君贶（kuàng），元挹（yì）之子，韦应物妻元蘋（pín）之弟。韦应物有诗《郡中对雨赠元锡兼简杨凌》，而杨凌是韦应物的大女婿。②春愁：因春季到来而引发的忧愁情绪。黯（àn）黯：沮丧忧愁的样子。一作"忽忽"。③思田里：想到田园和屋舍。这里意思是想要归隐。邑有流亡：指在自己管辖的区域还有流亡的百姓。俸（fèng）钱：俸禄。④闻道：听说。问讯：慰问，探望。

29. 渔歌子·西塞山前白鹭飞①

［唐］张志和

西塞山前白鹭飞，

西塞山前，白鹭自由飞翔，

桃花流水鳜鱼肥。②

桃花盛开流水涨，鳜鱼正肥。

青箬笠，③

头戴青色的箬笠，

绿蓑衣，④

身披绿色的蓑衣，

斜风细雨不须归。⑤

斜风细雨中垂钓，不着急回归。

[注释] ①渔歌子：词牌名，又名"渔父""渔父乐""渔父词"等。以张志和《渔歌子·西塞山前白鹭飞》为正体，单调二十七字，五句四平韵。另有其他变体。西塞（sài）山：在今浙江省湖州市西南。②桃花流水：桃花盛开时春水上涨，俗称桃花汛或桃花水。鳜（guì）鱼：一种鱼，味道非常鲜美。③箬笠（ruòlì）：用箬竹叶或篾编结成的宽边帽。④蓑（suō）衣：用蓑草或棕麻编织的雨衣。⑤斜风：一作"春江"。不须：不用，不必。

30. 天净沙·夏①

[元]白朴

云收雨过波添，

云散了，雨停了，波澜新添，

楼高水冷瓜甜，

楼更高，水更凉，瓜也更甜，

绿树阴垂画檐。②

绿树的浓荫，一直垂到画檐。

纱厨藤簟，③

纱帐中的藤席上，

玉人罗扇轻缣。④

美人手执罗扇，身着轻薄绢衣。

[注释]①天净沙：曲牌名，又名"塞上秋"，属北曲越调。全曲共五句二十八字（衬字除外），第一、二、三、五句每句六字，第四句为四字句。其中第一、二、五句平仄完全相同。此调主要有两种格式，都要求句句押韵。②画檐：有精美画饰的屋檐。③纱厨：用纱做成的帐子。簟（diàn）：用竹或芦草编的席。④玉人：比喻容貌如玉的人，既指男子，也指女子。这里指女子。罗扇：古代纨扇的一种，用素罗制作。缣（jiān）：细密轻薄的绢。

365夜古诗词

第 7 辑

1. 答陆澧

[唐] 张九龄

松叶堪为酒，①	松叶清香，可以酿酒，
春来酿几多？②	春来已成，多少佳酿？
不辞山路远，③	山高路远，我可不怕，
踏雪也相过。④	踏着积雪，定去拜访。

[注释] ①堪：可以，能够。②几多：多少。③辞：推脱，谦让，不受。④过：拜访，拜谒（yè）。

2. 采莲曲①

[唐] 崔国辅

玉溆花争发，②	玉光水边花竞放，
金塘水乱流。③	金塘波涌水乱流。
相逢畏相失，④	相逢唯恐又相失，
并著采莲舟。⑤	紧紧并着采莲舟。

[注释] ①采莲曲：乐府旧题，为《江南弄》七曲之一，多描写江南一带水国风光、采莲女劳动生活，以及她们对纯洁爱情的追求等。②玉溆（xù）：玉光闪闪的水塘边。③金塘：指阳光照在池塘水面，一片金光灿灿。④畏：怕。⑤著（zhuó）：同"着"，附着，紧贴着。

3. 秋日湖上

[唐] 薛莹

落日五湖游，^①　　　　夕阳西下，太湖众人游。

烟波处处愁。^②　　　　烟波浩渺，幽然处处愁。

浮沉千古事，　　　　　浮浮沉沉，千古浩荡事。

谁与问东流？^③　　　与谁去问？江河向东流。

[注释] ①五湖：指苏州太湖，或太湖及附近的四湖。②烟波：雾霭苍茫的水面。③谁与（yǔ）：与谁，和谁、跟谁的意思。

4. 立秋前一日 / 览镜^①

[唐] 李益

万事销身外，^②　　　万事消解在身外，

生涯在镜中。　　　　　我影暂且留镜中。

惟将两鬓雪，^③　　　唯有两鬓银白发，

明日对秋风。^④　　　可敌寒秋肃杀风。

[注释] ①览镜：照镜子，比喻镜鉴，回首过往，遥望未来。②销：销毁，消散。"万事销身外"的意思是，一切事情都可以一笔勾销，无须多想。③雪：比喻白发。④明日：这里指立秋日。

5. 送／方外上人①

[唐] 刘长卿

孤云将野鹤，②
孤云伴野鹤，远飞戾长天。

岂向人间住？
杳然不可见，岂肯住人间？

莫买沃洲山，③
别寻清静处，不买沃洲山。

时人已知处。④
世俗尽已知，彼处无佛仙。

[注释] ①诗题又作"送上人"。方外：世俗之外。②孤云：孤独飘浮的云。将（jiāng）：表并列，且，又。野鹤：鹤性孤高超然，喜居林野，所以常用来比喻隐士。③沃洲山：在今浙江省绍兴市新昌县东，相传是晋代名僧支遁（dùn）放鹤、养马之地。④时人：当时的人。处（chù）：地方，场所。

6. 别苏州

[唐] 刘禹锡

流水阊门外，①
水流经过阊门外，

秋风吹柳条。
秋风吹动杨柳条。

从来送客处，
从来送客离别处，

今日自魂销。②
今日神怅魂已销。

[注释] ①阊（chāng）门：苏州古城的西门，通往虎丘方向。②魂销：指灵魂将离体，形容非常悲伤愁苦。

7. 微雨夜行

[唐] 白居易

漠漠秋云起，①	秋云聚起，
稍稍夜寒生。②	夜寒渐生。
但觉衣裳湿，③	只觉衣湿，
无点亦无声。④	无雨无声。

[注释] ①漠漠：指密布、布满的样子。②稍稍：稍微，逐渐。③衣裳（cháng）：上衣和下裳。裳：古称裙为裳，男女都穿。也泛指衣服。④点：这里指雨点。

8. 秋浦歌①

[唐] 李白

炉火照天地，②	炉火熊熊燃，映照天地间，
红星乱紫烟。	火星四飞溅，夹杂黑紫烟。
赧郎明月夜，③	脸庞红红热，照亮月夜天，
歌曲动寒川。④	歌声能撼动，广漠冰寒川。

[注释] ①李白《秋浦歌》共十七首，这是第十四首。秋浦：隋开皇十九年置，属宣城郡，故城在今安徽省池州市贵池区。②炉火：唐代秋浦是产铜之地，这里指炼铜的炉火。照：照射，映照。③赧（nǎn）：原指因羞愧而脸红。这里指脸被炉火映红。赧郎：红脸汉子。这里指炼铜工人。明：用作动词，照明，照亮。④寒川：冰冷的河流。

9. 秋浦歌

[唐] 李白

白发三千丈，^①　　白发呀足有三千丈，

缘愁似个长。^②　　只因忧愁那么绵长。

不知明镜里，　　不知面前的明镜里，

何处得秋霜？^③　　哪来的白发如秋霜？

[注释] ①这是李白《秋浦歌》的第十五首。三千丈：夸张的修辞手法，极言白发之长。②缘：因为。个：如此，这般。③秋霜：秋季之霜，比喻白发。

10. 秋夕^①

[唐] 白居易

叶声落如雨，^②　　叶落簌簌，缤纷如雨。

月色白似霜。　　月色皎白，有如秋霜。

夜深方独卧，^③　　夜已深沉，才去独睡。

谁为拂尘床？^④　　谁肯为我，拂尘满床？

[注释] ①秋夕：秋天的夜晚。②叶声：树叶掉落的声音。③方：正在，正当。④谁为（wèi）：有谁为我，谁肯为我。拂：掸，除去尘垢。拂尘床：拂去床上的灰尘。

11. 南中／咏雁诗 ①

［唐］韦承庆

万里人南去，	被贬南去万里之外，
三春雁北飞。②	三春时节雁往北飞。
不知何岁月，③	不知等到什么时候，
得与尔同归？	才能与你一起北归？

[注释] ①南中：泛指唐疆域南部，也指岭南。②三春：春季的三个月（农历正月称"孟春"，二月称"仲春"，三月称"季春"）。③岁月：年月，指时间、时候。

12. 曲池荷

［唐］卢照邻

浮香绕曲岸，①	荷香飘溢，萦绕着弯曲的堤岸，
圆影覆华池。②	荷叶圆圆，覆盖着美丽的水池。
常恐秋风早，	秋风肃杀，常担心它来得太早，
飘零君不知。③	凋落满池，可是您却并不曾知。

[注释] ①浮香：飘溢的香气。曲（qū）岸：曲折的堤岸。②圆影：指圆圆的荷叶。华池：美丽的池子。③飘零：坠落，飘落。

13. 秋夜 / 寄 / 丘二十二员外①

[唐] 韦应物

怀君属秋夜，②	恰是秋夜思念君，
散步咏凉天。	散步吟咏凉爽天。
空山松子落，	空山松子刚掉落，
幽人应未眠。③	丘君或许未入眠。

[注释] ①诗题又作"秋夜寄丘员外"。丘二十二员外：一作"邱二十二员外"，名丹，苏州人，曾官至尚书郎，后隐居。他在家族兄弟中排行二十二。②怀：怀念，想念。君：对友人的敬称。属（zhǔ）：正值，恰逢。③幽人：幽居隐逸的人。这里指丘二十二员外。

14. 秋风引①

[唐] 刘禹锡

何处秋风至？	哪里吹来的秋风？
萧萧送雁群。②	萧萧地送来雁群。
朝来入庭树，③	清晨吹进庭园的树里，
孤客最先闻。④	孤独的旅人最先听闻。

[注释] ①引：乐曲体裁之一，有序曲之意；也是文体名，唐代以后始有此体，大略如序而稍简短。②萧（xiāo）萧：形容风声、草木摇落声等。③朝（zhāo）：清晨，早晨。庭树：庭园的树木。④孤客：独自旅居外地的人。这里指诗人自己。

15. 明日歌

[明] 文嘉

明日复明日，① 　　过了明天，还有明天，

明日何其多？② 　　明天为何，那么地多？

我生待明日，③ 　　如果天天，等待明天，

万事成蹉跎。④ 　　万事无成，时光空过。

[注释] ①这里只选了歌谣中最著名的四句。复：又。②何其：何等，多么。③待：等待。④蹉跎（cuōtuó）：虚度光阴。

16. 六月二十七日／望湖楼／醉书①

[宋] 苏轼

黑云翻墨未遮山，② 　　乌云如墨翻，未及遮住山，

白雨跳珠乱入船。③ 　　大雨激水花，如珍珠入船。

卷地风来忽吹散，④ 　　狂风卷地起，忽把云吹散，

望湖楼下水如天。⑤ 　　望湖楼下水，碧波如青天。

[注释] ①六月二十七日：指宋熙宁五年（1072年）六月二十七日。望湖楼：又叫"看经楼"，位于杭州西湖畔，五代时吴越王钱俶（chù）所建。醉书：酒醉时所书。②翻墨：打翻的黑墨汁，形容云层很黑。遮（zhē）：遮盖，遮挡。③白雨：夏日阵雨因雨点大而猛，在湖光山色的衬托下，显得白而透明。跳珠：跳动的珍珠，形容雨大。④卷（juǎn）地风来：指狂风席地卷来。⑤水如天：形容湖面像天空一般开阔而且平静。

17. 石灰吟

[明] 于谦

千锤万凿出深山，②　　千锤万凿，采出深山，

烈火焚烧若等闲。③　　烈火焚烧，好似怡然。

粉骨碎身浑不怕，④　　粉身碎骨，全然不怕，

要留清白在人间。⑤　　要把清白，留在人间。

[注释] ①石灰吟：赞颂石灰。②千锤万凿：无数次的锤击开凿，形容开采石灰非常艰难。千、万：虚词，形容很多。锤：锤打。凿：开凿。③焚（fén）烧：用火烧掉，烧毁。若等闲：好像很平常的事情。若：好像。等闲：平常，轻松。④浑（hún）：完全，整个。一作"全"。⑤清白：指石灰洁白的本色，又比喻高尚的节操。

18. 山行①

[唐] 杜牧

远上寒山石径斜，②　　沿着山路，曲折攀登，

白云生处有人家。③　　白云生处，几户人家。

停车坐爱枫林晚，④　　停车因爱，枫林晚景，

霜叶红于二月花。　　枫叶经霜，红过春花。

[注释] ①山行：在山中行走。②寒山：指深秋的山。③白云生处：白云形成的地方。一作"白云深处"。④车：轿子。坐：因为，由于。

19. 立秋日 ①

[宋] 刘翰

乳鸦啼散玉屏空，②　　小乌鸦啼叫着散去，玉屏空空，

一枕新凉一扇风。③　　枕边清凉，窗外送来一阵清风。

睡起秋声无觅处，④　　一觉醒来，萧瑟秋声无处可觅，

满阶梧桐月明中。⑤　　梧桐叶落满台阶，沐浴月光中。

[注释] ①诗题又作"立秋"。②乳鸦：幼鸦，幼小的乌鸦。啼散（sàn）：啼叫着飞散。玉屏（píng）：形容精致的屏风。玉屏空：写屋内寂寥，空荡荡。③一扇风：一阵风。④秋声：秋季自然界的声音，如西风吹起、草木零落等，多肃杀之声。无觅处：无处可寻。⑤满阶：满台阶。梧桐（wútóng）：指梧桐叶。一作"梧叶"。

20. 采莲曲 ①

[唐] 王昌龄

荷叶罗裙一色裁，②　　荷叶与罗裙仿佛同色布料剪裁，

芙蓉向脸两边开。③　　荷花向采莲女的脸庞盛开。

乱入池中看不见，④　　荷花与娇颜混杂在池中分不清，

闻歌始觉有人来。　　听到歌声才觉察到有人来。

[注释] ①这是王昌龄《采莲曲二首》中的第二首。②罗裙：丝罗制成的裙子，泛指女孩的衣裙。③芙蓉：荷花的别称。④看不见：指分不清哪是芙蓉，哪是采莲少女的娇颜。

21. 晓出／净慈寺／送／林子方①

[宋] 杨万里

毕竟西湖六月中，②　　西湖最美景色还是六月之时，

风光不与四时同。③　　风光秀丽与其他月份不相同。

接天莲叶无穷碧，④　　碧极绿透莲叶相连达于天际，

映日荷花别样红。⑤　　阳光映照荷花朵朵更觉红艳。

[注释] ①晓出：清晨出来。净慈寺：全名"净慈报恩光孝禅寺"，与灵隐寺并称为杭州西湖两大名寺。林子方：诗人的好友，官至直阁秘书。②毕竟：到底，确实是。③四时：指春、夏、秋、冬四个季节。这里指六月以外的其他时节。④接天：与天空相接。无穷碧：大片的莲叶好像与天相接，呈现出无边无际的碧绿。⑤别样：特别不一样。别样红：红得特别鲜艳。

22. 题淮南寺①

[宋] 程颢

南去北来休便休，②　　南去北来能歇就歇，无烦无忧，

白蘋吹尽楚江秋。③　　西风吹尽了白蘋，楚江已入秋。

道人不是悲秋客，④　　修道之人不是见秋生悲的旅客，

一任晚山相对愁。⑤　　任凭两岸青山黄昏中相对而愁。

[注释] ①淮南寺：在今江苏省扬州市。②休便休：有休息的地方就休息，随遇而安的意思。③白蘋（pín）：一种植物，在夏秋开白花。楚江：因位于古楚地而得名。④道人：修道之人，或得道之人，这里是诗人自称。悲秋客：看到萧瑟的秋景而心中伤感的人。在宋玉《九辩》中有"悲哉，秋之为气也！萧瑟兮，草木摇落而变衰"等诗句。⑤一任：听任，任凭。

23. 书／湖阴先生壁①

[宋] 王安石

茅檐长扫净无苔，② 　　茅屋庭院常扫，洁净无青苔，

花木成畦手自栽。③ 　　花草树木成垄，都是亲手栽。

一水护田将绿绕，④ 　　小河围护，葱绿园田一水绕，

两山排闼送青来。⑤ 　　打开小门，青山两两迎面来。

[注释] ①这是王安石《书湖阴先生壁二首》中的第一首。书：书写，题写。湖阴先生：杨德逢，隐居之士。②茅檐：茅草屋的檐下。这里指庭院。无苔：没有青苔。③成畦（qí）：成垄成行。畦：田园中分成的小区。④护田：这里指环绕护卫着园田。⑤闼（tà）：小门。这里指湖阴先生家的小门。排闼：开门直入。送青来：送来绿色。

24. 约客①

[宋] 赵师秀

黄梅时节家家雨，② 　　黄梅时节，各家都被烟雨笼罩，

青草池塘处处蛙。③ 　　青草池塘，处处都是欢鸣之蛙。

有约不来过夜半，④ 　　夜半时分，所约友人还没来到，

闲敲棋子落灯花。⑤ 　　百无聊赖，轻敲棋子震落灯花。

[注释] ①诗题又作"有约"。②黄梅时节：五月江南梅子成熟时，大多阴雨绵绵，称为"梅雨季节"。家家雨：家家户户都赶上下雨，形容处处都在下雨。③处处蛙（wā）：到处都能听到蛙鸣声。④有约：这里指邀约友人。⑤落灯花：古时以油灯照明，灯芯烧残，落下来时好像一朵闪亮的小花。灯花：灯心的余烬，爆成花形。古人认为灯花是吉兆。

25. 山亭夏日

[唐]高骈

绿树阴浓夏日长，①　　树木浓绿树荫密，夏日漫长，

楼台倒影入池塘。　　　亭台楼榭的倒影，映入池塘。

水晶帘动微风起，②　　水晶帘子微微动，轻风拂起，

满架蔷薇一院香。　　　满架蔷薇齐开放，一院芳香。

[注释]①浓：指树的枝叶非常茂盛。阴：通"荫"，树荫。②水晶帘：又叫"水精帘"，是一种质地精细而色泽晶莹的帘子。唐李白《玉阶怨》："却下水精帘，玲珑望秋月。"

26. 答／钟弱翁①

[宋]牧童

草铺横野六七里，②　　青草铺满旷野六七里，

笛弄晚风三四声。③　　笛声和着晚风三四声。

归来饭饱黄昏后，④　　黄昏赶牛回家吃饱饭，

不脱蓑衣卧月明。⑤　　不脱蓑衣躺着看明月。

[注释]①钟弱翁：钟傅，字弱翁，北宋饶州乐平（今属江西省）人。②铺（pū）：铺满，覆盖。横（héng）野：辽阔的原野。③弄：玩弄，游戏。④饭饱：一作"饱饭"。⑤卧月明：躺着看皎洁的月亮。

27. 旅夜书怀

〔唐〕杜甫

细草微风岸，危樯独夜舟。 ①

微风拂堤岸细草，高帆小舟独夜泊。

星垂平野阔，月涌大江流。 ②

星垂天边原野阔，月映水面随波涌。

名岂文章著？官应老病休！ ③

名声岂因文章著？官职应由老病休。

飘飘何所似？天地一沙鸥。 ④

飘零四方何所似？天地孤独一沙鸥。

[注释] ①危樯（qiáng）：高耸的桅（wéi）杆。危：高。樯：桅杆。独夜舟：指小舟独自夜泊江边。②垂：下挂。平野阔：原野看起来格外广阔。月涌：倒映在江面的月影随水流涌。大江：指长江。③名：名声。文章著（zhù）：因文章而著名。名岂文章著：杜甫以文章而著名。这是谦虚的说法。官应（yīng）老病休：当时杜甫因病而辞官。这里含有自嘲的意味。④飘飘：飘零，飘泊。似（sì）：好像，如同。沙鸥：一种水鸟，栖息沙洲。

28. 登岳阳楼

[唐] 杜甫

昔闻洞庭水，今上岳阳楼。①

昔闻茫茫洞庭水，今上巍巍岳阳楼。

吴楚东南坼，乾坤日夜浮。②

东南吴楚被分裂，天地日夜在漂浮。

亲朋无一字，老病有孤舟。③

亲朋音信无一字，年老多病有孤舟。

戎马关山北，凭轩涕泗流。④

戎马烟尘关山北，唯有凭栏任泪流。

[注释] ①洞庭水：洞庭湖。岳阳楼：始建于唐代，下瞰洞庭湖，为著名风景地。②吴楚：古吴国与古楚国，在我国东南部。坼（chè）：裂开，分开。乾坤：天地。③无一字：没有任何音讯。老病：当时杜甫五十七岁，身患肺病、风痹（bì）等，右耳已聋。④戎（róng）马：军马。借指战争、战乱。关山北：指北方边境。凭轩：靠着窗户或廊上的栏杆。涕泗（tìsì）：眼泪和鼻涕。

29. 山园小梅 ①

[宋] 林逋

众芳摇落独暄妍，占尽风情向小园。②

百花已凋落，唯梅花独妍，风情已占尽，小园开缤纷。

疏影横斜水清浅，暗香浮动月黄昏。③

疏影披横斜，池水清且浅，幽香暗浮动，月色暗而昏。

霜禽欲下先偷眼，粉蝶如知合断魂。④

白鹤欲栖枝，未下先窥寻，粉蝶若有知，羞惭应断魂。

幸有微吟可相狎，不须檀板共金樽。⑤

幸我有低吟，可与梅花亲，无需击檀板，不必用金樽。

[注释] ①诗题又作"梅花"。②众芳：群芳，百花。暄妍（xuānyán）：天气晴和，景物鲜媚。这里形容梅花开得茂盛。③疏影：稀疏的物影。这里指梅的枝干。暗香：清幽的香气。黄昏：指色调昏暗。④霜禽：白色的禽鸟。根据林逋"梅妻鹤子"的雅号，或可理解为"白鹤"，也有人解释为"寒天的禽鸟"。偷眼：暗中窥视。合：应当，应该。断魂：销魂神往，形容情深或哀伤。⑤微吟：低声吟咏。狎（xiá）：亲近，亲密。檀（tán）板：檀木拍板。这里泛指乐器。金樽（zūn）：金制酒杯，豪华酒杯，对酒杯的美称。这里代指饮酒。

30. 清平乐·村居①

[宋] 辛弃疾

茅檐低小，②
茅屋低又小，

溪上青青草。
溪边长满青青草。

醉里吴音相媚好，③
微醉吴音互问好，

白发谁家翁媪？④
谁家白发的翁媪？

大儿锄豆溪东，⑤
大儿在溪东豆田锄草，

中儿正织鸡笼。
二儿正在编鸡笼。

最喜小儿亡赖，⑥
最爱顽皮的小儿，

溪头卧剥莲蓬。⑦
趴在溪头剥莲蓬。

[注释] ①清平乐（yuè）：原为唐代教坊曲名，以汉乐府"清乐""平乐"这两个乐调而命名，后用作词牌名。双调四十六字，八句，前片四仄韵，后片三平韵。②茅檐：茅屋的屋檐，代指茅屋。③吴音：吴地方言。相媚（mèi）好：指相互逗趣，取乐。媚好：指喜欢、爱悦。④翁媪（ǎo）：老翁与老妇。⑤锄豆：指为豆田锄草。⑥亡（wú）赖：指淘气顽皮。亡，通"无"。⑦莲蓬：又名"莲房""莲蓬子"等，是莲藕的果实。

31. 忆江南·多少恨

[五代] 李煜

多少恨，

有多少恨，

昨夜梦魂中。 ①

都在昨夜梦境中。

还似旧时游上苑， ②

还像过去游上苑，

车如流水马如龙。 ③

车如流水，马似游龙。

花月正春风。 ④

花月一同沐春风。

[注释] ①梦魂：古人认为，睡梦中，人的灵魂会离开肉体，故称"梦魂"。②还似：一作"还是"。上苑（yuàn）：皇家园林。③车如流水马如龙：意思与成语"车水马龙"相同，指车如流水，马如游龙一般，形容热闹繁华的景象。④花月：花和月，代指美好的景色。花月正春风：意思是花和月都沐浴在春风里。这里描绘春天的美好。

365夜古诗词

第8辑

1. 枯鱼过河泣

[汉] 无名氏

枯鱼过河泣，①   枯鱼过河时哭泣，

何时悔复及？②   何时后悔来得及？

作书与鲂鱮，③   写信交与鲂与鱮，

相教慎出入。④   告诫它们慎出入。

[注释] ①枯鱼：干枯的鱼。②何时悔复及：追悔莫及的意思。③作书：写信。与（yǔ）：给，致。鲂鱮（fángxù）：鳊鱼与鲢鱼。鱮：古代指鲢鱼。④教（jiào）：教导，训诲。

2. 兰草自然香

[汉] 无名氏

兰草自然香，①   兰草天然散芳香，

生于大道旁。   无奈生于大道旁。

要镰八九月，②   身被腰斩八九月，

俱在束薪中。③   同被捆束柴草中。

[注释] ①自然：一作"自言"。②要（yāo）：同"腰"。镰（lián）：镰刀，割庄稼或草的农具，这里用作动词。③薪（xīn）：柴火。俱在束薪中：以兰草被束于柴薪中，比喻志行高洁的人如果不善于自处，会有悲惨的下场。

3. 敕勒歌

[北朝] 民歌

敕勒川，阴山下。 ①　　　　敕勒大草原，就在阴山下。

天似穹庐，笼盖四野。 ②　　天空像帐篷，覆盖到天涯。

天苍苍，野茫茫， ③　　　　天际蓝苍苍，原野绿茫茫。

风吹草低见牛羊。 ④　　　　风吹草弯腰，露出牛和羊。

[注释] ①敕勒（chìlè）：中国古代北方少数民族。川：平原，原野。阴山：在今内蒙古自治区中部。②穹庐（qiónglú）：用毡子搭成的帐篷。笼（lǒng）盖：笼罩覆盖。四野：四方的原野。③苍苍：深蓝色。茫茫：旷远的样子。④见（xiàn）：同"现"，显露，被看见。

4. 重忆／贺监 ①

[唐] 李白

欲向江东去，　　　　李白思往江东去，

定将谁举杯？ ②　　　一定与何人举杯？

稽山无贺老， ③　　　会稽山中无贺老，

却棹酒船回。 ④　　　唯有酒船转棹回。

[注释] ①重（chóng）忆：再忆，又想念。贺监（jiàn）：贺知章，官至秘书监。②将（jiāng）谁：与谁，和谁。③稽（jī）山：即会稽山，在绍兴（今浙江省绍兴市）东南。贺老：指贺知章。贺知章为浙江萧山（今杭州市萧山区）人。绍兴与萧山两地相邻。④却：退，掉转返回。棹（zhào）：桨。

5. 题诗后

[唐] 贾岛

两句三年得，	苦思三年得两句，
一吟双泪流。①	每吟不禁双泪流。
知音如不赏，②	知音如若不欣赏，
归卧故山秋。	归乡老死萧瑟秋。

[注释]①吟：歌咏。②知音：指知己。据《吕氏春秋·本味》："伯牙鼓琴，锺子期听之。方鼓琴而志在太山，锺子期曰：'善哉乎鼓琴！巍巍乎若太山！'少选之间，而志在流水，锺子期又曰：'善哉乎鼓琴！汤汤乎若流水！'锺子期死，伯牙破琴绝弦，终身不复鼓琴，以为世无足复为鼓琴者。"

6. 长安秋望①

[唐] 杜牧

楼倚霜树外，②	楼阁高耸，秋树之外，
镜天无一毫。③	天如明镜，万里无云。
南山与秋色，④	终南之山，清爽秋色，
气势两相高。⑤	气势不让，两高争勋。

[注释]①秋望：在秋天远望。②倚（yǐ）：靠着，倚立。霜树：指深秋时节的树。外：指楼比霜树高。③镜天：像镜子一样亮洁的天空。无一毫：没有一丝云彩。毫：细毛，比喻细微之物。④南山：指终南山，在今陕西省西安市南。⑤两相高：山势的高和秋气的高虽然性质不同，但二者互不相让，可以分庭抗礼。

7. 七步诗

[三国·魏] 曹植

煮豆燃豆萁，①　　　煮豆子，烧豆秸，

豆在釜中泣。②　　　在锅里，豆子哭。

本是同根生，　　　　本来是，同根生，

相煎何太急！③　　　相煎熬，何太急！

[注释] ①萁（qí）：豆秆。釜（fǔ）：烹饪器具，一种无脚的锅，收口，圆底，有的有二耳。②泣：无声或低声地哭。③煎（jiān）：本义是一种烹调法，这里指折磨、逼迫。

8. 新嫁娘词①

[唐] 王建

三日入厨下，　　　　新婚三天下厨房，

洗手作羹汤。②　　　洗手亲自做羹汤。

未谙姑食性，③　　　不知婆婆何口味，

先遣小姑尝。④　　　做好先请小姑尝。

[注释] ①诗题又作"新嫁娘"。王建《新嫁娘》共三首，这是第三首。②羹（gēng）汤：一种较浓的汤。羹：用肉类或菜蔬等制成的带汁的食物，也指汤。③未谙：不熟悉，不清楚。姑：婆婆。食性：喜欢什么食物，厌恶（wù）什么食物。④小姑：丈夫的妹妹。

9. 闻雁

[唐] 韦应物

故园眇何处？①　　　遥远的故园究竟在何处？

归思方悠哉。②　　　归乡的思绪萦绕在胸怀。

淮南秋雨夜，③　　　人在淮南又逢秋夜的雨，

高斋闻雁来。④　　　独坐书斋听到雁声飘来。

[注释] ①故园：这里指诗人在长安的家。眇（miǎo）：同"渺"，渺茫，形容故乡遥远。②悠哉：思念的样子，有无可奈何的意思。③淮南：作者所在地滁（chú）州（今安徽省滁州市），位于淮河南岸。④高斋：楼阁上的书房。闻：听到。

10. 桃花

[唐] 元稹

桃花浅深处，①　　　桃花之色，或深或浅，

似匀深浅妆。②　　　女子美妆，或浓或淡。

春风助肠断，　　　春风无情，让人肠断，

吹落白衣裳。　　　洁白衣上，吹落花瓣。

[注释] ①处：地方，所在。②匀：调匀，涂抹均匀。

11. 赐萧瑀

[唐] 李世民

疾风知劲草，②　　狂风之下才知草木坚韧，

板荡识诚臣。③　　动乱之世才见臣子忠贞。

勇夫安识义？④　　莽汉怎么明白正义之理？

智者必怀仁。⑤　　智者必能心怀仁爱之心。

[注释] ①萧瑀（yǔ）：字时文，隋朝将领，后归唐，被封为宋国公。②疾风：速度快的风，大风。劲（jìng）草：坚韧不易折断的草，比喻刚强不屈的人。③板荡：《诗经·大雅》中有《板》《荡》二篇，讥刺周厉王无道，坏乱天下。后世以"板荡"代指混乱的政局或动荡不安的社会。④勇夫（fū）：勇猛的武夫。⑤智者：有见识之人。

12. 口号①

[唐] 贾岛

中夜忽自起，②　　半夜忽醒披衣起，

汲此百尺泉。③　　取水自此百尺泉。

林木含白露，　　树木已尽着白露，

星斗在青天。　　星斗闪耀在苍穹。

[注释] ①口号（hào）：古人作诗，有时随口吟成，或四句，或八句，也称"口占"。口占（kǒuzhàn）：口中念出而不用笔墨起草的诗文。元代王实甫《西厢记·第四本·第三折》："口占一绝，为君送行。"②中夜：半夜。③汲（jí）：本意是从井里打水，泛指打水、取水。

13. 道傍竹①

[宋] 杨万里

竹竿穿竹篱，　　　　竹竿过竹篱，

却与篱为柱。②　　　却成篱笆柱。

大小且相依，　　　　竿篱紧相依，

荣枯何足顾？③　　　生死何足虑？

[注释] ①傍（páng）：同"旁"。②与（yǔ）：给。与篱为柱：指竹在篱笆中，给篱笆当柱子。③荣枯：茂盛和枯干。顾：眷念，顾惜。

14. 咏兰花

[明] 张羽

能白更兼黄，①　　　兰花的瓣白蕊黄，

无人亦自芳。②　　　无人赏识也芬芳。

寸心原不大，③　　　寸心原本虽不大，

容得许多香。④　　　却容纳许多芳香。

[注释] ①兼：同时具备若干方面。②亦（yì）：也。③寸心：心。心的大小在方寸左右，故称"寸心"。④容得：容纳，蕴含着。

15. 酬问师

[明] 刘商

虚空无处所，①　　　　虚无空寂没有容留处，

仿佛似琉璃。②　　　　如同澄澈透明的琉璃。

诗境何人到？　　　　诗中境界何人曾到过？

禅心又过诗。③　　　　禅心之妙又非诗可及。

[注释] ①虚空：可以理解为虚空的心，即不为世俗所累的心。处所（chùsuǒ）：居留之地，安身之处。②琉璃：各种天然的有光宝石。也指以粘土、长石、石青等原料烧成的釉料，作为缸、盆、砖、瓦的外层。③禅心：佛教指寂定之心。

16. 七夕

[宋] 杨朴

未会牵牛意若何，①　　不知那牛郎是怎么想的，

须邀织女弄金梭。②　　非邀请那织女摆弄金梭。

年年乞与人间巧，③　　年年赐下那么多的机巧，

不道人间巧已多。④　　不知人间机巧已然很多。

[注释] ①牵牛：俗称"牛郎星"，隔银河与织女星相对。若何：怎么样。②织女：在银河西，与银河东的牵牛星相对。《文选·洛神赋》注引曹植《九咏》注："牵牛为夫，织女为妇，织女、牵牛之星各处河之旁，七月七日乃得一会。"金梭（suō）：梭子的美称。③乞巧：古代风俗。传说农历七月七日夜，天上牛郎织女相会，妇女于当晚穿针，向织女星乞求智慧和巧工，称为"乞巧"。④不道：不知道，不晓得，料想不到。

17. 乞巧

[唐] 林杰

七夕今宵看碧霄，①   七夕晚上望着碧蓝的夜空，

牵牛织女渡河桥。   看见牛郎织女相会在鹊桥。

家家乞巧望秋月，   家家都在乞巧，仰望秋月，

穿尽红丝几万条。②   穿过的红线，不知几万条。

[注释] ①七夕：农历七月初七夜。七夕风俗及牛郎织女的故事，见于汉代崔寔《四民月令》、晋代周处《风土记》、南朝梁吴均《续斋谐记》等书。宵：夜晚。碧霄（xiāo）：青天，天空。碧：青绿色。霄：天空。②几万条：形容非常多。

18. 小儿垂钓

[唐] 胡令能

蓬头稚子学垂纶，①   小孩儿头发蓬乱，在学大人垂钓，

侧坐莓苔草映身。②   侧身坐在草丛中，身边都是野草。

路人借问遥招手，③   听到有人来问路，远远摆了摆手，

怕得鱼惊不应人。④   大气不肯出一声，生怕惊动鱼儿。

[注释] ①蓬（péng）头：孩子头发蓬乱，年幼可爱。稚子：幼子。也泛指小儿。垂纶（lún）：钓鱼。纶：钓鱼用的丝线。②莓苔：青苔。映身：遮蔽着身子。映：相当于遮蔽。③借问：打听，向人询问。④鱼惊：鱼儿受到惊吓。应（yìng）：答应，答复。不应人：不回话。

19. 别董大 ①

[唐] 高适

千里黄云白日曛，②　　千里黄云，让太阳黯淡昏黑，

北风吹雁雪纷纷。　　　北风吹着那归雁，大雪纷纷。

莫愁前路无知己，③　　不要忧虑，前路茫茫无知己，

天下谁人不识君。④　　普天之下，还有谁不认识您？

[注释] ①董大：董庭兰，唐代著名音乐家。他在家族兄弟中排行第一，所以称"董大"。②黄云：天上的乌云。乌云在阳光下呈暗黄色，所以叫"黄云"。白日：太阳。曛（xūn）：赤黄色。也指落日时的余光。白日曛：太阳黯淡无光。③知己：彼此相知、情谊深厚的朋友。④谁人：何人，哪个人。君：这里指董大。

20. 宿／新市徐公店

[宋] 杨万里

篱落疏疏一径深，①　　篱笆稀疏，小路幽深，

树头新绿未成阴。②　　树生新芽，叶未成荫。

儿童急走追黄蝶，③　　儿童跑着，追赶黄蝶，

飞入菜花无处寻。　　　飞入菜花，无处可寻。

[注释] ①篱（lí）：篱笆。疏疏：稀疏。②新绿：一作"花落"。阴：同"荫"，指树荫。③急走：奔跑。

21. 示儿①

[宋] 陆游

死去元知万事空，②　　本知道，人死后万事皆空，

但悲不见九州同。③　　只痛心，看不见九州一统。

王师北定中原日，④　　大宋军队，平定中原那日，

家祭无忘告乃翁。⑤　　祭祀勿忘，告诉我这老翁。

[注释] ①示儿：写给儿子们看。②元知：原本就知道，本来就知道。元：用法同"原"，原来，本来。有的版本作"原"。万事空：万事都是虚空。③但：只，只是。悲：悲伤。九州：古代中国分为九州，所以常用九州指代中国。同：统一。④王师：帝王的军队。这里指宋军。北定：将北方平定。中原：指淮河以北被金人侵占的地区。⑤家祭（jì）：家中对先人的私祭。无忘：不要忘记。乃：可作代词，指你的、他的、这个、这样等。乃翁：你的父亲，或这个老翁。这里指陆游自己。

22. 秋夜将晓／出篱门／迎凉有感①

[宋] 陆游

三万里河东入海，②　　三万里长的黄河东流入海，

五千仞岳上摩天。③　　五千仞高的华山直插青天。

遗民泪尽胡尘里，④　　中原人眼泪在胡尘里枯竭，

南望王师又一年。⑤　　遥望王师北伐又过了一年。

[注释] ①将晓：天将要亮。篱门：竹子或树枝编的篱笆式的门。迎凉：迎来一阵凉风。《秋夜将晓出篱门迎凉有感》共两首，这是第二首。②三万里：形容长，是虚指。河：黄河。③仞（rèn）：古代长度单位。五千仞：夸张的手法，极言其高。岳：指五岳之一的西岳华山，一种说法指北方泰、恒、嵩、华诸山。摩天：接近高天，形容极高。④遗民：亡国之民。泪尽：眼泪流干了，形容十分悲伤痛苦。胡尘：指金人入侵中原，也指胡人骑兵的铁蹄扬起的尘土。⑤南望：遥望南方。

23. 早发白帝城①

[唐] 李白

朝辞白帝彩云间，②　　清晨相辞别，白帝彩云间，

千里江陵一日还。③　　江陵千里遥，船行仅一天。

两岸猿声啼不住，④　　两岸猿鸣声，回响在耳边，

轻舟已过万重山。⑤　　轻舟已驶过，万千座青山。

[注释] ①诗题又作"下江陵"。发：出发，启程。白帝城：故址在今重庆市奉节县。②朝（zhāo）：早晨。辞：告别。彩云间：白帝城在白帝山之上，地势高耸，从山下仰望，如同耸入云间。③江陵：今湖北省荆州市。从白帝城到江陵约一千二百里，其间包括七百里三峡。还（huán）：归，返回。④猿：猿猴。啼：鸣，叫。住：停息。⑤万重（chóng）山：夸张的说法，形容山峦层层叠叠，绵绵不断。

24. 泊船瓜洲①

[宋] 王安石

京口瓜洲一水间，②　　京口瓜洲分居长江两岸，

钟山只隔数重山。③　　与钟山只隔着几座山峦。

春风又绿江南岸，④　　春风又吹绿了大江南岸，

明月何时照我还。⑤　　明月何时才能照我归还。

[注释] ①瓜洲：在今江苏省扬州市邗江区瓜洲镇东南，大运河入长江处，与镇江市相对。瓜洲又称"瓜埠洲"，也作"瓜州"。②京口：在今江苏省镇江市京口区。一水：一条河。这里指长江。③钟山：今江苏省南京市紫金山。诗人当时住在这里。④绿：吹绿。⑤何时：什么时候。还：回。

25. 题／临安邸①

[宋] 林升

山外青山楼外楼，

山外还有青山，阁楼连着阁楼，

西湖歌舞几时休。②

西湖上的歌舞，何时才肯止休？

暖风熏得游人醉，③

暖风轻轻吹拂，游人如痴如醉，

直把杭州作汴州。④

简直就把杭州，当成昔日汴州。

[注释] ①临安：今浙江省杭州市。南宋建炎三年（1129 年），朝廷感念吴越国王钱镠（liú）之孙钱弘俶纳土归宋之功，以其故里"临安"为府名，升杭州为"临安府"。邸（dǐ）：客舍，旅店。②西湖：指杭州西湖，著名的风景区。几时休：什么时候停止。③熏（xūn）：温暖的风吹着。游人：特指那些忘记了国耻国难的统治者。他们苟且偷安，只知道寻欢作乐。④直：简直，径直。汴（biàn）州：汴京，今河南省开封市。

26. 江南①

汉乐府

江南可采莲，莲叶何田田。②

江南正是采莲季，　　莲叶茂盛映眼帘。

鱼戏莲叶间。

鱼儿嬉戏莲叶间。

鱼戏莲叶东，鱼戏莲叶西，

鱼儿嬉戏莲叶东，　　鱼儿嬉戏莲叶西，

鱼戏莲叶南，鱼戏莲叶北。

鱼儿嬉戏莲叶南，　　鱼儿嬉戏莲叶北。

[注释] ①本诗在乐府诗中属相和（xiānghè）歌辞。②可：合适，应该。这里有"适宜""恰好"的意思。何：多么地。田田：茂盛广大的样子。这里形容大片莲叶非常茂密的样子。

27. 酬张少府①

[唐] 王维

晚年惟好静，万事不关心。②

我已经年老，只喜欢安静，对世间诸事，都不再关心。

自顾无长策，空知返旧林。③

自认为没有高策可以报国，只希望归隐于家乡山林中。

松风吹解带，山月照弹琴。④

松风轻轻吹来，衣带飘起，山间明月高照，拨弦抚琴。

君问穷通理，渔歌入浦深。⑤

你来问我仕与不仕的道理，请听渔歌在河上远处微吟。

[注释]①酬（chóu）：以诗文相赠答。张少府：生平不详。少府：唐朝人称"县尉"为"少府"。②晚年：年老之时。静：安静，也可理解为静修。③自顾：自视，自认为。长（cháng）策：高妙的治国方略。空知：徒然知道，只知。旧林：指禽鸟往日栖息的地方。这里比喻曾经隐居的园林。晋陶潜《归园田居·其一》："羁（jī）鸟恋旧林，池鱼思故渊。"④解（jiě）带：解开衣带，表示因熟悉而不拘礼节，或闲适。⑤穷：窘迫，困厄，指不得志，不能做官。通：畅通，指出仕、当官。理：道理。渔歌：本意是渔人唱的民歌小调。这里指隐士的歌。浦深：河岸的深处。

28. 山居秋暝①

[唐] 王维

空山新雨后，天气晚来秋。②

青山空寂，下过一场新雨，天色已晚，感觉已是初秋。

明月松间照，清泉石上流。

月光皎洁，映照在松林间，泉水清凉，从涧石上静流。

竹喧归浣女，莲动下渔舟。③

竹林喧闹，洗衣姑娘归来，莲叶摇动，悄然划过渔舟。

随意春芳歇，王孙自可留。④

春日芳菲，不妨任它停歇，秋山之中，王孙自可久留。

[注释] ①暝（míng）：日落，黄昏。②空山：空寂的山野。新：刚，才。③喧（xuān）：喧哗，喧闹，这里指竹叶发出声响。浣女：洗衣服的姑娘。④随意：任意，随便。春芳：春天的花草或芳香。歇：停止，止息。王孙：王者之孙或后代。留：居，停留。此句反用淮南小山《招隐士》"王孙兮归来，山中兮不可以久留"的意思。西汉淮南王刘安有一部分门客，共称"淮南小山"。

29. 古诗十九首·迢迢牵牛星 ①

[汉] 无名氏

迢迢牵牛星，　皎皎河汉女。②
高远的牵牛星，　　对着亮洁织女。

纤纤擢素手，　札札弄机杼。③
纤细洁白之手，　　札札穿引机杼。

终日不成章，　泣涕零如雨。④
终日织布不成，　　涕泪零落如雨。

河汉清且浅，　相去复几许？⑤
银河既清又浅，　　相距能有几许？

盈盈一水间，　脉脉不得语。⑥
晶莹一水间隔，　　含情脉脉无语。

[注释] ①这是《古诗十九首》的第十首。②迢（tiáo）迢：形容高，也形容遥远。牵牛星：民间称为"牛郎星"，隔银河与织女星相对。皎（jiǎo）皎：洁白，明亮。河汉女：指织女星。河汉：银河。③纤（xiān）纤：形容女子的手小巧或细长。擢（zhuó）：引，拔。这里指伸出。素：洁白。札（zhá）札：拟声词，织机的声音。弄：摆弄。机杼：织布机。杼（zhù）：织布机上的梭子。④章：纺织品的纹理。终日不成章：用《诗经·小雅·大东》语意。《诗经》是说织女徒有虚名，不会织布。这里则说织女因相思而无心织布。涕：眼泪。零：古汉语中泛指雨、雪降下或眼泪落下。⑤相去：相距，相离。复几许：又能有多远。几许：若干，多少。⑥盈盈：形容水清澈、晶莹的样子。一水：指银河。间（jiàn）：隔，隔开。

30. 捣练子令·深院静 ①

[五代] 李煜

深院静，

深院幽静，

小庭空，

小庭寂空，

断续寒砧断续风。 ②

断续的捣衣声，续断的风。

无奈夜长人不寐， ③

无奈长夜漫漫，难以入睡，

数声和月到帘栊。 ④

几声砧声，伴着月光进窗笼。

[注释] ①捣练子令：词牌名，又名"捣练子"。正体以李煜《捣练子令·深院静》为代表，单调二十七字，五句，三平韵。也有其他变体。明代杨慎《词品》："李后主词，词名《捣练子》，即咏捣练，乃唐词本体也。"②寒砧（zhēn）：寒秋时的捣衣声。砧：捣衣石。这里指捣衣声。古人将生丝织成的绢，用木杵（chǔ）在石上捣软，制成熟绢，做衣服。③无奈：一作"早是"。不寐（mèi）：不能入睡。一作"不寝"。④和月：伴着月光。到：传到。

31. 梦江南 · 千万恨①

[唐] 温庭筠

千万恨，

千万离恨，

恨极在天涯。②

最恨是，他远在天涯。

山月不知心里事，

山月不知我心中愁事，

水风空落眼前花。③

水风徒然吹落眼前花。

摇曳碧云斜。④

飘荡的碧云渐渐西斜。

[注释] ①梦江南：词牌名，又名"忆江南""望江南""江南好"等。恨：这里指离恨。②天涯：天边，言所思者所处遥远。③水风空落眼前花：用具体的意象描述思妇无法言传的离恨。这句是，离恨就像水面上的风吹落花瓣掉在眼前。④摇曳（yè）：飘荡。

365夜古诗词

第9辑

1. 送崔九①

[唐] 裴迪

归山深浅去，②　　　　你若归山，就要细细寻觅，

须尽丘壑美。③　　　　要饱览山川之秀林木之美。

莫学武陵人，④　　　　别学渊明文中的武陵渔人，

暂游桃源里。　　　　　只在桃花源短暂游玩几天。

[注释] ①崔九：崔兴宗，王维的表弟。唐朝时，隐居之人经过举荐可得到官职。这种入仕方法被称为"终南捷径"。裴迪作此诗叮嘱崔九，不要走终南捷径，而要做一个真正的隐士。②归山：这里指回终南山隐居。深浅：指由于山路崎岖，高低不平，行路时深一脚浅一脚。深浅去：写的是诗人目送友人离去，看到的是友人的身影一深一浅，渐行渐远。③丘：山丘。④武陵人：指陶渊明《桃花源记》中的武陵渔人。

2. 别人

[唐] 王勃

霜华静天末，①　　　　霜花使天际安静下来，

雾色笼江际。　　　　　雾色蒙蒙笼罩着江边。

客子常畏人，②　　　　客居者常常羞于见人，

胡为久留滞？③　　　　为何你久久滞留不还？

[注释] ①华：同"花"。霜华（huā）：霜花。天末：天边。②客子：指在外客居之人。③胡为（wèi）：为何，为什么。留滞（zhì）：停留不归。

3. 送／陆判官／往琵琶峡①

[唐] 裴迪

水国秋风夜，②　　水乡秋风萧瑟夜，

殊非远别时。③　　绝非与君远别时。

长安如梦里，　　长安遥遥恍如梦，

何日是归期？　　究竟何日是归期？

[注释] ①陆判官：生平不详。判官：官职，唐代节度使、观察使等官吏的僚属，以分曹判事。也是州郡佐吏的通称。琵琶（pípá）峡：在巫山，形状像琵琶，因此得名。②水国：指河流湖泊多的地区，多指江南水乡。③殊非：绝非。

4. 中秋

[唐] 司空图

闲吟秋景外，①　　闲意在秋外，吟咏景尽收。

万事觉悠悠。②　　但觉万事空，不能无烦忧。

此夜若无月，　　清夜无穷尽，明月不可休。

一年虚过秋。　　一年为虚过，枉然度今秋。

[注释] ①闲吟：在闲暇时吟唱。②万事：一切事情，全部事情。悠悠：深思，忧思。

5. 中秋月

[唐] 李峤

圆魄上寒空，^①　　满月升上，高寒的夜空，

皆言四海同。　　人们都说，月亮处处同。

安知千里外，^②　　怎么知道，在千里之外，

不有雨兼风？^③　　那里没有，骤雨和急风？

[注释] ①李峤《中秋月》共两首，这是第二首。圆魄（pò）：指圆满的月亮。魄：月初出或将没时的微光。②安知：哪里知道，哪知。③不有：没有。兼（jiān）：连词，和，与。

6. 洛中／访／袁拾遗／不遇^①

[唐] 孟浩然

洛阳访才子，^②　　我到洛阳去，探访才子袁拾遗，

江岭作流人。^③　　他却在江岭，成为被流放之人。

闻说梅花早，^④　　听说大庾岭，那里梅花开得早，

何如北地春？　　可流放之地，怎比得北国之春？

[注释] ①诗题又作"访袁拾遗不遇"。洛中：洛阳。袁拾遗：生平不详。拾遗：官职。唐武则天时置左右拾遗，执掌讽谏、荐举人才等，位从八品以上。②才子：指诗题中的袁拾遗。③江岭：指大庾（yǔ）岭。向南翻越大庾岭就是岭南地区。流人：被流放的人。④梅花早：大庾岭古代多梅，又因气候温暖，梅花早开。

7. 孟城坳①

[唐] 王维

新家孟城口，②　　　　新近迁居孟城口，

古木余衰柳。　　　　　古木仅剩败杨柳。

来者复为谁？③　　　　我后何人来此居？

空悲昔人有。④　　　　徒然悲叹昔人有。

[注释] ①这是王维《辋川集》绝句二十首中的第一首。孟城坳（ào）：即首句中的"孟城口"，辋川二十景之一。坳：山间平地。②家：落户安居。③复为（wéi）谁：又是何人。④空：徒然。

8. 木兰柴①

[唐] 王维

秋山敛余照，②　　　　秋山收敛了，夕阳的余照，

飞鸟逐前侣。　　　　　飞鸟追逐着，前方的伴侣。

彩翠时分明，③　　　　山色艳丽苍翠，明灭变幻，

夕岚无处所。④　　　　山林里的雾气，飘飘忽忽。

[注释] ①这是王维《辋川集》绝句二十首中的第六首。木兰：又名"杜兰""林兰"，木质似柏而微疏，可造船。皮辛香似桂，皮、花可入药。木兰柴（zhài）：辋川二十景之一。②敛（liǎn）余照：收敛了落日的余晖。③彩翠：鲜艳翠绿的山色。④岚（lán）：山里的雾气。无处所：飘忽不定。

9. 白石滩 ①

[唐] 王维

清浅白石滩,   清澈见底白浅滩,

绿蒲向堪把。②   蒲草嫩绿可采摘。

家住水东西,   女子家住滩东西,

浣纱明月下。③   浣洗轻纱明月下。

[注释] ①这是王维《辋川集》绝句二十首中的第十五首。白石滩:辋川二十景之一。②蒲(pú):或指香蒲,根、茎可食用,叶供纺织,可做席、扇、篓等用具;或指菖蒲,生于水边,有香气,根入药,又名"白菖""深蒲""昌阳"等。向堪把(bǎ):差不多可以用手握住,即可以采摘了。一作"尚堪把"。向:接近,将近。堪:能够,可以。把:握。③浣纱:这里用了西施浣纱的典故,描写浣纱女的美丽。

10. 华子冈 ①

[唐] 裴迪

日落松风起,   斜阳落下松风起,

还家草露晞。②   归家草上露已干。

云光侵履迹,③   云光辉耀侵足迹,

山翠拂人衣。   山翠欲滴湿我衫。

[注释] ①华子冈(gāng):辋川二十景之一。②还(huán)家:回家,归家。③侵:有"逐渐浸染"的意思。履(lǚ):有践、踩、踏的意思。履迹:足迹。

11. 木兰柴

[唐] 裴迪

苍苍落日时，①　　　天际苍茫日落时，

鸟声乱溪水。　　　鸟声惊起涧中水。

缘溪路转深，②　　　沿溪小径渐幽深，

幽兴何时已？③　　　雅意幽情何时止？

[注释]①苍苍：广大的样子。②缘：沿着。③幽兴（xìng）：幽雅的兴味。兴：兴致，情致。已：停止。

12. 送张四①

[唐] 王昌龄

枫林已愁暮，　　　黄昏时分枫林尽染愁，

楚水复堪悲。②　　　楚地的江水让人伤情。

别后冷山月，　　　分别以后山寒月更冷，

清猿无断时。③　　　猿鸣凄清好似永不停。

[注释]①张四：生平不详。②楚水：这里泛指位于古楚地的江河湖泽。堪：忍受。③清猿：指凄厉的猿叫声。

13. 西过渭州 / 见渭水 / 思秦川 ①

[唐] 岑参

渭水东流去，　　　　渭水向东流去，

何时到雍州？ ②　　　何时流到雍州？

凭添两行泪， ③　　　平添两行热泪，

寄向故园流。　　　　向着故园而流。

[注释] ①渭州：在今甘肃省定西市陇西县一带。渭水：渭河。黄河主要支流之一。秦川：自大散关以北达岐、雍，夹渭川南北岸，沃野千里，由于是秦的故国，故称"秦川"。这里代指长安。②雍（Yōng）州：这里借指长安。③凭添：平添。

14. 答王卿 / 送别 ①

[唐] 韦应物

去马嘶春草， ②　　　君去马鸣春草间，

归人立夕阳。　　　　人立夕阳几时还？

元知数日别， ③　　　早知数日将别离，

要使两情伤。　　　　要令你我伤心肝。

[注释] ①王卿：生平不详。②去：离去，与下句的"归"意思相反。嘶（sī）：马鸣。③元知：早就知道，本来就知道。元：同"原"，原来，本来。

15. 送人往扬州 ①

[唐] 刘长卿

渡口发梅花，②　　　渡口有梅花已开，

山中动泉脉。③　　　山中涌出清泉水。

芜城春草生，④　　　芜城春草今生发，

君作扬州客。　　　　君游扬州居在外。

[注释] ①诗题又作"送子婿往扬州"或"送子婿崔真甫、李穆往扬州"。子婿：这里指刘长（zhǎng）卿的两个女婿。②发梅花：梅花发。这里意思是梅花盛开。③泉脉（mài）：地层中伏流的泉水。由于似人体的脉络，故称"泉脉"。④芜（wú）城：广陵城。南朝宋竟陵王刘诞占据广陵造反，兵败而死，城邑荒芜。鲍照作《芜城赋》讽之，因而得名芜城。

16. 九月九日／忆山东兄弟 ①

[唐] 王维

独在异乡为异客，②　　独在异乡，成为旅居的游客，

每逢佳节倍思亲。③　　每到佳节，便格外思念至亲。

遥知兄弟登高处，④　　遥想故乡，兄弟们登上高处，

遍插茱萸少一人。⑤　　头插茱萸，唯独少我一个人。

[注释] ①忆：想念。山东：唐人所说的山东，指崤山、函谷关以东的地方，而称今山东省境为"齐鲁""邹鲁"或"青齐"。王维曾迁居于蒲县（今山西省永济县），在华山以东，所以称"山东"。②异乡：他乡，外乡。异客：作客他乡的人。③佳节：美好的节日。④登高：古代重阳节登高的风俗。⑤茱萸（zhūyú）：有山茱萸、吴茱萸、食茱萸三种。古代风俗，阴历九月九日重阳节佩戴茱萸，以避灾祛（qū）邪。

17. 秋夕 ①

[唐] 杜牧

银烛秋光冷画屏，②　　银烛与秋光，冰冷的画屏，

轻罗小扇扑流萤。③　　手拿小团扇，扑打萤火虫。

天阶夜色凉如水，④　　夜里的石阶，冰凉犹如水，

坐看牵牛织女星。⑤　　静坐着凝视，牛郎织女星。

[注释] ①诗题又作"七夕"。秋夕：秋夜。②银烛：银色蜡烛，多比喻明亮的灯光。画屏：有画饰的屏风。③轻罗小扇：轻巧的丝质团扇。流萤：飞动的萤火虫。④天阶：宫殿台阶。这里指露天的石阶。一作"瑶阶"。⑤坐看：坐着朝天看。一作"卧看"。牵牛织女星：指牵牛星与织女星。

18. 秋月 ①

[宋] 朱熹

清溪流过碧山头，②　　清澈小溪流过碧绿的山头，

空水澄鲜一色秋。③　　夜空与水澄澈，融为月色的秋。

隔断红尘三十里，④　　尘世被远隔在三十里之外，

白云黄叶共悠悠。⑤　　白云黄叶，都是那么自在悠悠。

[注释] ①这是朱熹《入瑞岩道间得四绝句呈彦集充父二兄》的第三首。诗题为《千家诗》编者所拟，颇合诗意，今从之。②清溪：清澈的溪水。碧山头：碧绿的山头。③空水：夜空与溪水。澄（chéng）鲜：澄澈而清新。④红尘：佛教对人世的称谓。这里泛指人间或有人居住的地方。三十：不是确数，形容远隔人世。⑤悠悠：悠闲自在。

19. 中秋月 ①

[宋] 苏轼

暮云收尽溢清寒，②　　日暮云彩消散，夜空弥漫清寒，

银汉无声转玉盘。③　　银河无声，明月仿似一轮玉盘。

此生此夜不长好，　　此生此夜，如此美好却不长久，

明月明年何处看？　　皎洁满月，明年可在何处观赏？

[注释] ①本诗为苏轼《阳关词三首》中的第三首，宋熙宁十年（1077 年）中秋作于徐州。②暮云：日暮时分的云。溢：满，流出。③银汉：银河。转（zhuàn）：旋转，转动，赋予圆月动态的形象。玉盘：指月亮。李白《古朗月行》："小时不识月，呼作白玉盘。"

20. 送 / 元二 / 使安西 ①

[唐] 王维

渭城朝雨浥轻尘，②　　清晨的雨，润湿了渭城的微尘，

客舍青青柳色新。③　　馆驿泛出青色，柳叶翠绿一新。

劝君更尽一杯酒，④　　我的朋友，请你再干一杯美酒，

西出阳关无故人。⑤　　向西出了阳关，没有故旧亲人。

[注释] ①诗题又作"渭城曲"或"送使安西"。元二：生平不详。安西：唐代的安西都护府，治所在龟兹（Qiūcí）。②渭城：指秦代的咸阳古城，在渭水北岸。浥（yì）：润湿，沾湿。③客舍（shè）：旅馆。柳色：柳树象征着离别。④更（gèng）：再。尽：喝完。⑤故人：旧友。

21. 枫桥夜泊①

[唐] 张继

月落乌啼霜满天，② 月落乌鸦啼，寒气满霜天，

江枫渔火对愁眠。③ 江枫与渔火，相对愁难眠。

姑苏城外寒山寺，④ 姑苏城以西，枫桥寒山寺，

夜半钟声到客船。⑤ 半夜无常钟，声飘到客船。

[注释] ①枫桥：又名"封桥"，在今江苏省苏州市阊门外。②乌啼：乌鸦啼叫。霜满天：形容天气非常冷。③江枫：江边的枫树。江指吴淞（sōng）江，源自太湖，流经上海汇入长江，俗称"苏州河"。一作"江村"。渔火：渔船上的灯火。④姑苏：苏州的别称，因城西南有姑苏山而得名。寒山寺：在今江苏省苏州市金阊区枫桥附近。相传唐代诗僧寒山、拾得曾在寺中住过，因此得名。⑤夜半钟声：古代佛寺有半夜敲钟的习惯，每夜都敲，叫作"半夜钟"或"分夜钟"。

22. 凉州词①

[唐] 王翰

葡萄美酒夜光杯，② 葡萄美酒，倒满夜光杯，

欲饮琵琶马上催。③ 正要畅饮，琵琶马上催。

醉卧沙场君莫笑，④ 沙场醉倒，请您不要笑，

古来征战几人回？⑤ 自古征战，几人能归回？

[注释] ①诗题又作"凉州曲"。凉州：西汉时将周朝的雍州改置为凉州。凉州曲：唐天宝年间常以边地命名乐曲，凉州曲是其一例。②葡萄（pútáo）：又作"蒲萄"。夜光杯：夜间发光的酒杯。这里指华贵精美的酒杯。③欲：将要。催：催促。④沙场：平沙旷野。多指战场。君：略同"您"，第二人称的尊称。⑤征战：打仗。

23. 夜书所见

[宋] 叶绍翁

萧萧梧叶送寒声， ①　　　风中的梧叶发出了萧萧寒声，

江上秋风动客情。 ②　　　江上的秋风触动了思乡之情。

知有儿童挑促织， ③　　　那边应该有儿童在逗弄蟋蟀，

夜深篱落一灯明。 ③　　　夜深了篱笆下亮着一点灯明。

[注释] ①萧萧：形容马叫声或风声。这里指风声。②客情：客居他乡的旅人思乡之情。③挑（tiǎo）：挑弄，撩拨。促织：蟋蟀。③篱落：篱笆。

24. 凉州词 ①

[唐] 王之涣

黄河远上白云间， ②　　　远眺黄河，好似奔流在白云间，

一片孤城万仞山。 ③　　　一片孤城，坐落于万仞高的山。

羌笛何须怨杨柳， ④　　　羌笛何必吹奏，哀怨的杨柳曲？

春风不度玉门关。 ⑤　　　因为春风，本就吹不到玉门关。

[注释] ①诗题又作"出塞"。凉州词：凉州歌的唱词，不是诗题。凉州：今甘肃省武威市。②远上：远远望去。黄河远上：远望黄河。③孤城：指孤零零的戍边城堡。这里指玉门关。万仞：形容山极高。④羌（qiāng）：我国古代少数民族。羌笛：乐器，原出自古羌族。何须怨：何必埋怨。何须：何必。杨柳：古人常常折杨柳送别，古诗文则常以杨柳比喻送别。⑤不度：不到。度：过，到。

25. 十五夜望月 ①

[唐] 王建

中庭地白树栖鸦，②

月色皎皎中庭洁白，树上栖乌鸦，

冷露无声湿桂花。

冰冷露水无声落下，打湿了桂花。

今夜月明人尽望，

今夜月色分外明亮，人人都在望，

不知秋思落谁家。③

不知秋夜幽怨情思，会落在谁家。

[注释] ①诗题又作"十五夜望月寄杜郎中"。十五夜：指农历八月十五的夜晚。②中庭：庭院，室外的庭院空间。地白：这里指月光照在中庭的地上，好像是白色的。栖（qī）：栖息，歇息。③秋思：秋天的思绪，秋天的情思。

26. 过香积寺①

[唐] 王维

不知香积寺，数里入云峰。②

不知何处香积寺，数里登山入云峰。

古木无人径，深山何处钟？③

古木参天无人径，深山幽邃何处钟？

泉声咽危石，日色冷青松。④

泉声呜咽鸣高石，日色昏昧冷青松。

薄暮空潭曲，安禅制毒龙。⑤

日暮空寂清潭边，安然入定制毒龙。

[注释] ①过：走过，经过。引申为拜访。香积寺：位于今陕西省西安市长安区。②入云峰：登上高耸入云的山峰。③钟：钟声。这里指香积寺里的钟鸣声。④咽（yè）：声塞，指声音因受阻而变得低沉。危石：高耸的崖石。危：高，高峻。冷青松：使青松变冷。这里指日色黯淡，看起来有些凄凉。⑤薄暮：接近日落，傍晚。潭曲（qū）：水潭堤岸的弯曲处。安禅：佛教用语，安静地打坐，坐禅入定，降伏己心。毒龙：代指人心中的妄想和欲念。《游天竺记》："葱领冬夏有雪。有毒龙，若犯之，则风雨晦冥，飞砂扬砾。过（遇）此难者，万无一全也。"葱岭，《后汉书》作"葱领"。

27. 与诸子／登岘山①

[唐] 孟浩然

人事有代谢，往来成古今。②

世间人事新旧更替，来来往往成古成今。

江山留胜迹，我辈复登临。③

江山处处留下胜迹，今天我们又来登临。

水落鱼梁浅，天寒梦泽深。④

水位降下鱼梁洲浅，天气寒冷云梦泽深。

羊公碑尚在，读罢泪沾襟。⑤

羊公之碑依然矗立，我辈读罢泪沾衣襟。

[注释] ①诗题又作"与诸子登岘（xiàn）首"。岘山：又叫"岘首山"，在今湖北省襄阳市南。诸子：指诗人的几个朋友。子：对男子的尊称。②代谢：更替变化。这里指人事变化。往来：去与来，指旧的去、新的来。③胜迹：有名的古迹，指第七句的"羊公碑"。复登临：相对末句羊祜曾登岘山而言。登临：登山临水，泛指游览。④鱼梁：在汉水上游中。梦泽：云梦泽。⑤羊公碑：羊祜（hù）镇守襄阳时，深受百姓爱戴。羊祜死后，襄阳人在岘山立碑，以表达对他的感恩之情。尚：一作"字"。襟（jīn）：古代指衣的交领，后指衣的前幅。

28. 无题

[唐] 李商隐

相见时难别亦难，东风无力百花残。①

相见很难分别也难，春风无力百花凋残。

春蚕到死丝方尽，蜡炬成灰泪始干。②

春蚕到死丝才吐尽，蜡烛成灰泪方流干。

晓镜但愁云鬓改，夜吟应觉月光寒。③

早晨对镜愁鬓色改，夜晚吟诗觉月光寒。

蓬山此去无多路，青鸟殷勤为探看。④

仙山离此不算遥远，青鸟殷勤为我探看。

[注释] ①东风：春风。残：凋谢，凋零。东风无力百花残：指正逢暮春时节，百花凋谢。②丝：与"思"谐音，以"丝"比喻"思"，指相思。蜡炬（jù）：蜡烛。泪：指蜡烛燃烧时的烛油，比喻相思的眼泪。③晓镜：早晨梳妆照镜。镜：名词用作动词，照镜子。云鬓：女子盛美如云的头发，比喻青春年华。④蓬山：传说中的海中仙山。青鸟：传说中在西王母座前传递消息的神鸟，后多借指使者。殷勤：指热情周到。探看（kān）：探望。

29. 天净沙·秋思

[元] 马致远

枯藤老树昏鸦，①

枯藤攀绕老树，栖着一群乌鸦，

小桥流水人家，②

桥下流水潺潺，住着几户人家，

古道西风瘦马。③

古老驿道之上，萧瑟西风瘦马。

夕阳西下，

夕阳西下，

断肠人在天涯。④

旅人悲愁肠断，身在天涯。

[注释]①天净沙：曲牌名，又名"塞上秋"，属北曲越调。全曲共五句，二十八字（衬字除外），第一、二、三、五句每句六字，第四句为四字句，其中第一、二、五句平仄完全相同。此调主要有两种格式，都要求句句押韵。枯藤：枯萎的藤蔓。昏鸦：黄昏时分归巢的乌鸦。昏：黄昏，傍晚。②人家：住家，农家。③古道：古旧的道路。西风：字面意义是从西向东吹的风，指秋风。瘦马：瘦弱的马。④断肠人：形容伤心、悲痛到极点的人。天涯：天边，指远离家乡的地方。

30. 天净沙·秋

[元] 白朴

孤村落日残霞， ①

孤村落日，晚霞将消散，

轻烟老树寒鸦， ②

轻烟中，老树上栖着寒鸦，

一点飞鸿影下。 ③

飞雁的一点孤影，飞掠而下。

青山绿水，

青翠的山，碧绿的水，

白草红叶黄花。 ④

白草与红叶摇曳，点缀着黄花。

[注释] ①残霞：临近消散的晚霞。②轻烟：轻淡的烟雾。寒鸦：一种较小的乌鸦，又名"慈乌"。寒鸦是古诗词中经常出现的一个意象，往往表达诗人孤寂、冷清的生活。③飞鸿：飞翔中的鸿雁。飞鸿影下：雁的影子掠过。④白草：这里指枯萎的白草。唐代元稹（zhěn）《纪怀，赠李六户曹、崔二十功曹五十韵》："白草堂檐短，黄梅雨气蒸。"红叶：枫树、槭树类的叶子，秋天变红。黄花：指菊花。一作"黄华"。

365夜古诗词

第10辑

1. 感怀

[唐] 张继

调与时人背，^①　论调与时人相背，

心将静者论。^②　心中以隐士为尊。

终年帝城里，　终年生活在帝都，

不识五侯门。^③　却不识权贵之门。

[注释] ①调（diào）：原指乐律或诗的韵律，引申为言论、论调。背：违背。②将（jiāng）：拿，把。静者：指隐逸者。论（lún）：议论，评论。本诗为格律诗，前两句是"仄仄平平仄，平平仄仄平"，"论"在平声的位置，又是韵脚，与"门"押韵，所以必须读平声。如杜甫七律《咏怀古迹》（其三）："画图省识春风面，环珮空归夜月魂。千载琵琶作胡语，分明怨恨曲中论（lún）。"③五侯门：代指权贵之家。

2. 长沙驿前南楼／感旧^①

[唐] 柳宗元

海鹤一为别，^②　德公辞世空别离，

存亡三十秋。^③　初见至今三十秋。

今来数行泪，^④　今来思公数行泪，

独上驿南楼。　独自登上驿南楼。

[注释] ①长沙驿（yì）前南楼：柳宗元自注"昔与德公别于此"。德公：有德之恩公，未详所指。②海鹤：比喻品德高尚的人。宋代学者孙汝听注："海鹤，以喻德公。"③存亡：指自己还活着而德公已经去世。三十秋：三十年。④数行（háng）泪：一道道的泪水。

3. 听筝

[唐] 李端

鸣筝金粟柱，①	金桂轴筝何清越，
素手玉房前。②	素手拨弹玉房前。
欲得周郎顾，③	为得周郎能回顾，
时时误拂弦。	时时有意错拨弦。

[注释] ①金粟（sù）：这里形容弦轴的细而精美。柱：筝（zhēng）上定弦调音的短轴。金粟柱：指精美而纤细的弦（xián）轴。②玉房：玉制的筝枕。房：筝上架弦的枕。③周郎：指三国东吴名将周瑜，精通音律。当时的谚语赞美道："曲有误，周郎顾。"

4. 听弹琴

[唐] 刘长卿

泠泠七弦上，①	清越之音，奏出七弦琴上，
静听松风寒。②	静静聆听，身感松风之寒。
古调虽自爱，	古调优雅，它是我的至爱，
今人多不弹。③	可惜的是，今人多不再弹。

[注释] ①泠（líng）泠：形容声音清越。七弦（xián）：代指琴。琴有七弦，故七弦是琴的代称。②松风：风入松林，暗示琴声凄凉。③今人：和诗人同时代的人。

5. 纥那曲 ①

[唐] 刘禹锡

杨柳郁青青，	杨柳郁郁复葱葱，
竹枝无限情。 ②	竹枝饱含无限情。
周郎一回顾，	曲令周郎一回顾，
听唱纥那声。	听唱曲中纥那声。

[注释] ①纥那（hénà）曲：唐代民间曲。"纥那"为曲中的语气词。②竹枝：乐府名。其形式为七言绝句，唐人多用来写旅人离思愁绪，或儿女柔情；后人所作多歌咏风土人情。

6. 九月十日即事 ①

[唐] 李白

昨日登高罢， ②	昨日刚刚登高饮，
今朝更举觞。 ③	今天复又举杯来。
菊花何太苦？	菊花为何这般苦？
遭此两重阳。	两次重阳再被摘。

[注释] ①即（jí）事：以当前事物为题材的诗，多用作诗词的题目。②登高：升至高处。这里指重九登高的风俗。罢：毕，结束。③今朝（zhāo）：今天。更：又，再。觞（shāng）：已经倒入酒的饮酒器。《说文解字》："觯（zhì）实曰觞，虚曰觯。"举觞：举杯。

7. 问刘十九

[唐] 白居易

绿蚁新醅酒，① 　　　米酒未滤乃新酿，

红泥小火炉。 　　　红泥小炉微火光。

晚来天欲雪，② 　　　傍晚浓阴欲飞雪，

能饮一杯无？③ 　　　可否同饮新酒浆？

[注释] ①绿蚁：古人用粮食发酵酿酒，在酒上会浮起一些绿色泡沫，大小如蚂蚁，称"绿蚁"，也用作酒的代称。醅（pēi）：没有过滤的酒。②晚来：傍晚，入夜。欲：要，将要。雪：下雪。③无：表示疑问的语气词，相当于"吗"。

8. 江楼①

[唐] 杜牧

独酌芳春酒，② 　　　独自一人饮春日美酒，

登楼已半醺。③ 　　　登上江楼已半醉半醺。

谁惊一行雁，④ 　　　是谁惊起那一行大雁，

冲断过江云。 　　　冲断了一片过江之云。

[注释] ①江楼：江边的酒楼。②酌（zhuó）：饮酒，喝酒。芳春：春天，春季。③半醺（xūn）：半醉。醺：醉。④行（háng）：量词。过江云：飘过江面的云。

9. 寻隐者不遇 ①

[唐] 贾岛

松下问童子， ②　　　松树下，我问小孩子：

言师采药去。 ③　　　"你师父呢？"他说："采药去了。"

只在此山中，　　　　指着深山，他说："就在这山中，

云深不知处。 ④　　　"可云雾缭绕，不知究竟在哪里。"

[注释] ①《全唐诗》署本诗作者为"孙革"，诗题为"访羊尊师"。寻：寻访。隐者：古代指不肯做官而隐居山野的人。不遇：没有见到。②童子：指隐者的弟子。③言：回答说。④云深：山中云雾缭绕的深处。处：地方。

10. 饯席送人／之梓州 ①

[唐] 李商隐

莫叹万重山，　　　　关山万重君莫叹，

君还我未还。　　　　君已还家我未还。

武关犹怅望， ②　　　武关惆怅尚未至，

何况百牢关！ ③　　　何况更远百牢关！

[注释] ①诗题又作"饯（jiàn）席重送从叔余之梓州"。饯：以酒食送别亲友。饯席：饯别的宴席。之：去，往。梓州：隋置，宋改为"潼（tóng）川府"。②武关：在今陕西省商洛市商南县西北。战国时为秦国的南关。怅（chàng）望：惆怅、伤感地遥望。③百牢关：故址在今陕西省汉中市勉县西南。

11. 微雨

[唐] 李商隐

初随林霭动，①　　　雨随林雾起，

稍共夜凉分。②　　　渐觉夜气凉。

窗迥侵灯冷，③　　　窗远灯光冷，

庭虚近水闻。　　　院空水声长。

[注释] ①霭（ǎi）：雾气。②稍：渐渐。③迥（jiǒng）：远。侵（qīn）：原指越境侵犯。这里形容微雨带来冷意入室。

12. 西还

[唐] 元稹

悠悠洛阳梦，①　　　悠悠不尽洛阳梦，

郁郁灞陵树。②　　　郁郁葱葱灞陵树。

落日正西归，　　　日落之时我西归，

逢君又东去。　　　恰逢君又往东去。

[注释] ①悠悠：长久，遥远。郁郁：盛美的样子。②灞（bà）陵：汉文帝（刘恒）陵墓，在今陕西省西安市灞桥区白鹿原上。又作"霸陵"。灞：灞水，为渭河支流，关中八川之一。灞陵靠近灞水，因而得名。

13. 玉树后庭花

[唐] 张祜

轻车何草草，①　　　　轻车急驾何仓忙，

犹唱后庭花。②　　　　犹唱玉树后庭花。

玉座谁为主？③　　　　不知御座谁为主？

徒悲张丽华。④　　　　徒伤妃子张丽华。

[注释] ①轻车：轻快的车子。何：何其，多么。草草：匆忙仓促的样子。②后庭花：唐教坊曲名。南朝陈叔宝（陈后主）与倖（xìng）臣按曲造词，夸宫人美色，男女唱和，旋律轻荡而其音甚哀，名为"玉树后庭花"。③玉座：帝王的御座。④徒悲：徒然悲伤。张丽华：南朝陈后主的妃子。

14. 题水西寺①

[唐] 杜牧

三日去还住，　　　　三日欲走走复留，

一生焉再游？　　　　恐此一生难重游。

含情碧溪水，　　　　含情脉脉碧溪水，

重上粲公楼。②　　　　我今又登粲公楼。

[注释] ①水西寺：在今安徽省宣城市泾县，原名"崇庆寺"。②重（chóng）：再，又。粲（càn）公楼：三国时期魏人王粲曾写《登楼赋》，以抒发怀古叹世之情。

15. 古朗月行 ①

[唐] 李白

小时不识月，　　　　　幼时不知何为月，
呼作白玉盘。　　　　　把它叫作白玉盘。
又疑瑶台镜，②　　　　又疑它是瑶台镜，
飞在青云端。　　　　　只是飞在青云端。

[注释] ①朗（lǎng）月行：乐府古题。这里节选的是开头四句，后面是："仙人垂两足，桂树何团团。白兔捣药成，问言与谁餐？蟾蜍（chánchú）蚀圆影，大明夜已残。羿（Yì）昔落九乌，天人清且安。阴精此沦惑，去去不足观。忧来其如何？凄怆（chuàng）摧心肝。"②瑶（yáo）台：美玉砌的楼台，也指神话中神仙居住的地方。

16. 暮江吟 ①

[唐] 白居易

一道残阳铺水中，②　　一道残阳，铺在水中，
半江瑟瑟半江红。③　　半江碧绿，半江通红。
可怜九月初三夜，④　　九月初三，可爱的夜，
露似真珠月似弓。④　　露像珍珠，月像弯弓。

[注释] ①暮江：黄昏时的江边。②残阳：快落山时的阳光，也可称为"夕照"或"晚霞"。③瑟（sè）瑟：碧色宝石，也指碧绿色。④可怜：可爱。④真珠：珍珠。月似弓：农历九月初三时的月亮为上弦月，形状像弯弓。

17. 江畔独步寻花（其五）①

[唐] 杜甫

黄师塔前江水东，②　　黄师塔前立，江水奔流东。

春光懒困倚微风。　　　春光让人困，慵懒倚微风。

桃花一簇开无主，③　　桃花疑无主，独自弄春情。

可爱深红爱浅红？④　　谁更上心头，深红抑浅红？

[注释] ①江畔：指成都锦江之滨。独步：独自散步。这是杜甫《江畔独步寻花》的第五首。春暖花开的时节，杜甫本想寻伴同游赏花，但没能寻到，只好独自在成都锦江江畔散步。他每游一处，便写一处；每写一处，又换一诗意。最后一共成诗七首。②东：东流，向东流去。③一簇（cù）：一丛。无主：没有主人。④可：用在疑问句里，加强疑问语气。

18. 江畔独步寻花（其六）

[唐] 杜甫

黄四娘家花满蹊，①　　黄四娘家的小路开满了花，

千朵万朵压枝低。　　　千朵万朵把枝头压得很低。

留连戏蝶时时舞，②　　留恋芬芳的蝴蝶时时飞舞，

自在娇莺恰恰啼。③　　自由自在的黄莺喳喳欢啼。

[注释] ①这是杜甫《江畔独步寻花》的第六首。黄四娘：杜甫住成都草堂时的邻居。蹊（xī）：小路。②留连：依恋，舍不得离开。③娇：柔嫩，美好可爱。恰恰：形容鸟鸣声自然而和谐的样子。白居易《游悟真寺》："栾栌与户牖，恰恰金碧繁。"据清代翁方纲《石洲诗话》，那种认为"恰恰"为鸟啼声的说法是错误的。

19. 滁州西涧 ①

[唐] 韦应物

独怜幽草涧边生，②
只喜爱野草，在涧边繁生，

上有黄鹂深树鸣。③
茂盛高树上，黄鹂在啼鸣。

春潮带雨晚来急，④
春潮挟夜雨，迅疾奔涌来，

野渡无人舟自横。⑤
渡口无一人，只见小舟横。

[注释] ①西涧：在滁州城西，俗称"上马河"。②独怜：只喜欢，唯独喜欢。怜：爱，喜欢。幽草：幽深地方的小草或草丛。③深树：枝叶茂密的树。④春潮：春日的潮汐。⑤野渡：郊野的渡口。横（héng）：横放着，成横向。这里形容小船随波飘动。

20. 赠刘景文 ①

[宋] 苏轼

荷尽已无擎雨盖，②
荷花枯萎，已无伞状荷叶，

菊残犹有傲霜枝。③
菊花凋零，仍挺傲霜花枝。

一年好景君须记，④
一年中的好景您可要牢记，

最是橙黄橘绿时。⑤
最是橙子金黄橘子青绿时。

[注释] ①刘景文：刘季孙，字景文，时任两浙兵马都监。②荷尽：荷花枯萎。擎（qíng）：举，向上托。雨盖：雨伞的旧称。这里指舒展的荷叶。③菊残：菊花凋谢。犹：仍然，依然。傲霜：不畏寒霜。④君：对男子的敬称。须：务必，应当。⑤正是：一作"最是"。橙黄橘绿时：橙子发黄、橘子将黄仍绿时，大约在农历秋末冬初。

21. 竹枝词

[唐] 刘禹锡

杨柳青青江水平，①　　　杨柳青青，江水平平，

闻郎江上踏歌声。②　　　听郎江上，踏歌之声。

东边日出西边雨，　　　　东边日出，西边下雨，

道是无情却有情。③　　　说是无情，却又有情。

[注释] ①平：平静，形容江水平如镜面。②踏歌：歌时以足踏地为节奏。③道是无情却有情：结合上句，"东边日出"是"有晴"，"西边雨"是"无晴"，而"晴"又与"情"同音，是谐声双关语。

22. 乌衣巷 ①

[唐] 刘禹锡

朱雀桥边野草花，②　　　朱雀桥边，野草开花，

乌衣巷口夕阳斜。③　　　乌衣巷口，夕阳西斜。

旧时王谢堂前燕，④　　　王谢堂前，巢中之燕，

飞入寻常百姓家。⑤　　　如今飞入，平常人家。

[注释] ①这是刘禹锡《金陵五题》中的第二首。②朱雀桥：在金陵城外，乌衣巷在桥边。③乌衣巷：在秦淮河南岸，今属江苏省南京市秦淮区。三国时吴国在这里设"乌衣营"。因兵士身穿乌衣而得名。④王谢：六朝时王、谢世代为望族，故常并称。他们都住在乌衣巷。后以"王谢"代指豪门世族。⑤寻常：普通，平常。

23. 赠汪伦 ①

[唐] 李白

李白乘舟将欲行，②　　李白乘船正要出行，

忽闻岸上踏歌声。③　　忽听岸上踏歌之声。

桃花潭水深千尺，④　　桃花潭水深达千尺，

不及汪伦送我情。⑤　　不如汪伦送我之情。

[注释] ①汪伦：李白的朋友。②将欲：将要，打算。③踏歌：歌唱时以足踏地作为节奏。④桃花潭：在今安徽省宣城市泾县西南。桃花潭上有钓隐台、彩虹冈、垒玉墩。唐代诗人李白与汪伦、万巨曾在此游览。深千尺：夸张的手法，极言汪伦与李白的友情之深。⑤不及：不如。

24. 望庐山瀑布

[唐] 李白

日照香炉生紫烟，①　　阳光下的香炉峰升腾紫烟，

遥看瀑布挂前川。②　　远远望见瀑布就挂在山前。

飞流直下三千尺，③　　飞腾而下好像有三千尺高，

疑是银河落九天。④　　仿佛银河从天上落到人间。

[注释] ①香炉：指香炉峰。紫烟：形容日光透过云雾，远望如紫色的烟云。②遥看：从远处看，远远地看。挂：悬挂。川：河流。③直：笔直。三千尺：形容山非常地高。夸张手法。④银河：银河系构成的带状星群，仰望如同银色的河流。九天：古人认为天有九重，九天是天的最高层。这是夸张的手法。

25. 赤壁

[唐] 杜牧

折戟沉沙铁未销，①　　断戟沙中，铁器未尽锈蚀，

自将磨洗认前朝。②　　磨洗一番，可辨来自前朝。

东风不与周郎便，③　　假如东风，不给周瑜便利，

铜雀春深锁二乔。④　　铜雀台上，恐将深锁二乔。

[注释]①折戟（jǐ）：折断的戟。戟：古代兵器。销：销蚀。②将（jiāng）：持，拿。磨洗：磨光洗净。认前朝（cháo）：能够辨认出戟是东吴破曹时的战场遗物。③东风：用了三国时期著名典故"借东风"。不与（yǔ）：不给，不提供。周郎：指周瑜，字公瑾，年轻时便有才名，人称"周郎"。④铜雀：铜雀台。二乔：三国时东吴乔公的两个女儿，一位嫁给前国主孙策（孙权之兄），称"大乔"；一位嫁给军事统帅周瑜，称"小乔"。二人合称"二乔"。

26. 泊秦淮①

[唐] 杜牧

烟笼寒水月笼沙，②　　轻烟笼着寒水，月色罩着白沙，

夜泊秦淮近酒家。　　夜晚泊船秦淮，靠近岸上酒家。

商女不知亡国恨，③　　卖唱的歌女啊，不懂得亡国恨，

隔江犹唱后庭花。④　　隔着江水依然，吟唱着后庭花。

[注释]①秦淮：秦淮河；相传，秦始皇于方山掘流，西入长江，也称"淮"，故称"秦淮"。②笼（lǒng）：笼罩。③商女：歌女。④后庭花：《玉树后庭花》的简称，陈叔宝所作。其"花开花落不长久，落红满地归寂中"一句，与陈国灭亡之事暗合，被认为是失国之谶（chèn）语。

27. 汉江临眺①

[唐] 王维

楚塞三湘接，荆门九派通。②

楚地边塞，三湘之水相连接，荆门山下，茫茫九派互会通。

江流天地外，山色有无中。

江水滔滔，像流出天地之外，山色濛濛，似有似无在雾中。

郡邑浮前浦，波澜动远空。③

府县城郭，仿佛漂浮在水上，波浪翻涌，好像摇撼着远空。

襄阳好风日，留醉与山翁。④

襄阳风光，无限美好的日子，愿留此地，同饮同醉与山翁。

[注释] ①汉江：汉水。眺（tiào）：往远处看，或从高处远望。诗题又作"汉江临泛"。②楚塞（sài）：楚地的隘口，这里指汉水流域，古代属楚国。三湘（xiāng）：泛指今洞庭湖南北、湘江流域一带，也借指湖南全境。九派：原指今江西九江市北的一段长江。这里江水有九个支流，故称"九派"。常泛指长江。派：水的支流。③郡邑：府县。动：震动。④好风日：好风光。一作"风日好"。山翁：这里借指襄阳地方官。一作"山公"，指山简，晋代竹林七贤之一山涛的幼子，西晋将领，曾镇守襄阳。一说是指诗人自己。

28. 望洞庭湖／赠张丞相 ①

［唐］孟浩然

八月湖水平，涵虚混太清。 ②

八月湖水齐岸平，苍天倒映入水中。

气蒸云梦泽，波撼岳阳城。 ③

水气蒸腾云梦泽，波涛撼动岳阳城。

欲济无舟楫，端居耻圣明。 ④

意欲渡河无舟船，盛世闲居愧朝廷。

坐观垂钓者，徒有羡鱼情。 ⑤

坐看悠哉垂钓者，心中徒有羡鱼情。

[注释] ①诗题又作"临洞庭"或"临洞庭上张丞相"。洞庭：洞庭湖。张丞相：指张九龄。②涵虚：指水面（包含）映现天空。涵：包含，包容。虚：天空。混（hùn）太清：与天混为一体。太清：天空。古人认为天由清而轻的气所构成，故称"太清"。③气蒸：一作"气吞"。撼：摇动。一作"动"。④济（jì）：渡过。舟楫（jí）：船与桨，泛指船只。欲济无舟楫：实际意思是想出仕做官却无人引荐。端居：安居，深居。圣明：封建时代称颂皇帝或临朝皇后、皇太后的套词，意思是英明无所不知。也代指皇帝。⑤羡鱼：这里指作者想出仕，希望张丞相不要让自己只有羡慕之情。《淮南子·说林训》："临河而羡鱼，不若归家织网。"

29. 苏武庙 ①

[唐] 温庭筠

苏武魂销汉使前，古祠高树两茫然。 ②

苏武在汉使前，悲喜交集魂消散，而今古庙高树，对此茫然不知。

云边雁断胡天月，陇上羊归塞草烟。 ③

天边音书断绝，头顶着胡天明月，丘垄羊群回来，草原已升暮烟。

回日楼台非甲帐，去时冠剑是丁年。 ④

归时楼台依旧，然而没有了甲帐，去时戴冠佩剑，正是强壮之年。

茂陵不见封侯印，空向秋波哭逝川。 ⑤

皇帝早已驾崩，再也无封侯之印，空对秋水悲泣，感伤时光难返。

[**注释**] ①苏武庙是在苏武死后人们为祭祀他而立的庙。②魂销：灵魂离开身体，形容异常激动。苏武魂销汉使前：苏武被囚匈奴十九年后见到汉使的情景。古祠：指苏武庙。茫然：完全不知道的样子。③雁断：指音讯断绝。断：一作"落"。胡：这里指匈奴。陇（lǒng）：通"垄"。陇上：丘垄之上。这里描写苏武在匈奴边地牧羊的情景。④回日：回归汉朝之时。甲帐：帐幕以甲乙编次，故有甲帐、乙帐之称。这里指汉武帝所造的帷幕。非甲帐：暗指汉武帝已驾崩。去时：出使匈奴之时。冠（guān）剑：戴冠佩剑，指出使时的装束，代指刚出使时的苏武。剑：一作"盖"。丁年：成丁的年龄，壮年。⑤茂陵：汉武帝的陵墓。这里代指汉武帝。苏武归汉时，武帝已死。封侯：封拜侯爵。秋波：秋天的水波。逝川：比喻逝去的时间。典出《论语•子罕第九》："子在川上曰：'逝者如斯夫，不舍昼夜。'"

30. 相见欢·无言独上西楼①

[五代] 李煜

无言 / 独上西楼，

默默无言，独自登上西楼，

月如钩。

月亮弯弯恰似钩。

寂寞梧桐深院 / 锁清秋。②

梧桐寂寞立深院，笼罩在清秋。

剪不断，

剪不断的，

理还乱，

理不清的，

是离愁。③

是远离故国的悲愁，

别是 / 一般滋味 / 在心头。④

别 有 一 番 滋 味 在 心 头 。

[注释] ①相见欢：原为唐代教坊曲名，后用作词牌名，又名"乌夜啼""秋夜月""上西楼"等。全词三十六字，上片三平韵，下片两仄韵、两平韵。这首词是南唐后主李煜被囚于宋时所作。本词吟咏的是离愁别绪。②锁清秋：被冷清的秋色所笼罩。清秋：一作"深秋"。③离愁：离别的愁苦，这里指离国之愁。④别是一般：别有一番，另有一种。别是：一作"别有"。

31. 天净沙·冬

〔元〕白朴

一声画角谯门，①

一声画角响城门，

半庭新月黄昏，

新月升起照半庭，恰是黄昏，

雪里山前水滨。②

山上白雪皑皑，山前有水滨。

竹篱茅舍，

旁有竹篱茅屋，

淡烟衰草孤村。③

炊烟淡淡，一片衰草围孤村。

[注释] ①角：古乐器，多用作军号。画角：绘有彩绘的角。谯（qiáo）门：建有望楼的城门。②水滨：水边，岸边。③淡烟：轻淡的烟雾。

365夜古诗词

第11辑

1. 夕阳

［唐］陆龟蒙

渡口和帆落，　　　渡口夕阳携帆下，

城边带角收。　　　城边胡角一同收。

如何茂陵客，①　　为何如此长安客，

江南倚危楼？②　　身在江南倚高楼？

[注释] ①如何：为何，为什么。茂陵：这里代指长安。②危楼：高楼。

2. 蜀道后期①

［唐］张说

客心争日月，②　　客者之心急欲归，

来往预期程。③　　来往皆先订旅程。

秋风不相待，　　　可惜秋风不等我，

先到洛阳城。　　　已先吹到洛阳城。

[注释] ①后期：晚于所约定的时间，延误日期。蜀道后期：指作者出使蜀地，未能如期回家。②客心：客居外地者的心情。争日月：争取时间。③预：预先，事先准备。预期程：预先订下旅程的期限。

3. 广州／江中作

[唐] 张说

去国岁方晏，①	离故园时正岁晚，
愁心转不堪。②	忧郁之心愁不堪。
离人与江水，③	离别之人和江水，
终日向西南。	终日行进到西南。

[注释] ①去国：离开故乡。晏（yàn）：晚，迟。岁方晏：岁晚，到了年末，一年即将过完。②堪：能忍受，能承受。③离人：离别的人，离开家园的人。

4. 汾上惊秋①

[唐] 苏颋

北风吹白云，	北风呼啸，吹卷着白云，
万里渡河汾。②	前路万里，今始渡河汾。
心绪逢摇落，③	忧心忡忡，又逢草木陨，
秋声不可闻。	秋风萧瑟，不敢再听闻。

[注释] ①汾（Fén）：汾水。上：方位词，边，畔。汾上：同"汾滨""汾边"，即汾河之滨、汾河的岸边。类似的还有"汶上""泗上"等。②万里：汾上离东都洛阳不远。这里意思是过河之后还有万里之行。河汾：黄河与汾水。河：古代专指黄河。③心绪：心情，心境。这里指愁绪纷乱。摇落：树叶凋谢零落。

5. 玉阶怨 ①

[唐] 李白

玉阶生白露，

夜久侵罗袜。②

却下水精帘，③

玲珑望秋月。④

玉阶深夜生白露，

久立露湿蚕丝袜。

回房放下水晶帘，

隔帘惆怅望秋月。

[注释] ①玉阶（jiē）：用玉石砌成或装饰的台阶。玉阶怨：乐府古题，是专写宫怨的曲题。②罗袜：丝织的袜子。③却下：回房放下。却：回，还。水精帘：用水晶石穿成的帘子。水精：水晶。④玲珑：空明的样子。

6. 塞下曲 ①

[唐] 卢纶

鹫翎金仆姑，②

燕尾绣蝥弧。③

独立扬新令，④

千营共一呼。

身佩雕羽金仆姑，

旌旗燕尾绣蝥弧。

威严屹立发旗令，

千军万马同高呼。

[注释] ①卢纶《塞下曲》共六首，这是第一首。②鹫（jiù）：鹫鸟，也叫"雕"。翎（líng）：鸟尾或翅上长而硬的羽毛。也泛指鸟羽或虫翅。鹫翎：雕翎做的箭羽。金仆（pú）姑：箭。③燕尾：旗帜上形似燕尾的部分。蝥弧（máohú）：春秋诸侯郑伯的旗名，后借指军旗。④独立：独自站立。扬新令：挥动令旗，发布新军令。

7. 塞下曲 ①

［唐］卢纶

野幕敞琼筵， ②	帐中摆起盛宴，
羌戎贺劳旋。 ③	羌戎兄弟贺我凯旋。
醉和金甲舞， ④	穿着铠甲醉舞，
雷鼓动山川。 ⑤	擂鼓巨音震动山川。

[注释] ①这是卢纶《塞下曲》的第四首。②野幕：在野外搭的帐篷，这里指军帐。敞：摆设，罗列。琼筵（yán）：珍美的筵席。③羌戎（róng）：我国古代少数民族。这里泛指边地的部族。劳：慰劳。旋：凯旋。④和（hé）：身着，穿着。如"和衣"，意思是不脱衣服睡觉。和金甲舞：穿着金饰的铠甲跳舞。⑤雷：通"擂"，打，敲击。雷鼓：擂鼓。

8. 寒夜思友 ① （其一）

［唐］王勃

久别侵怀抱， ②	久别思愁入怀抱，
他乡变容色。 ③	客居他乡变容貌。
月下调鸣琴， ④	不寐月下弹鸣琴，
相思此何极？ ⑤	此等相思何时了？

[注释] ①王勃《寒夜思友》共三首，这是第一首。诗题又作"寒夜思三首"。②侵（qīn）：渐进。③容色：容貌与神色。④月下调鸣琴：化用阮籍《咏怀八十二首·其一》"夜中不能寐，起坐弹鸣琴"的诗意，意思是夜不能寐，起来在月下弹琴，借以排遣相思之情。调（tiáo）琴：弹琴。⑤极：尽头。何极：用反问的语气表示没有穷尽、尽头。

9. 寒夜思友（其二）

[唐] 王勃

云间征思断，①　　云间大雁把归思阻断，

月下归愁切。②　　月下回家愁绪更急切。

鸿雁西南飞，　　鸿雁向西南家乡飞去，

如何故人别？③　　我却为何与故人离别？

[注释] ①这是王勃《寒夜思友》的第二首。云间：白云间，这里指白云间飞行的大雁，这是一种省略。征：远行。②切：急切。③如何：为何，为什么。

10. 寒夜思友（其三）

[唐] 王勃

朝朝翠山下，①　　天天驻足翠山下，

夜夜苍江曲。②　　夜夜吟唱苍江曲。

复此遥相思，　　朝朝夜夜遥相思，

清尊湛芳绿。③　　清樽陶醉深草绿。

[注释] ①这是王勃《寒夜思友》的第三首。朝（zhāo）朝：天天，每天。翠山：又作"碧山"。②苍江：沧江，泛指江水。江水呈青苍色，故称"苍江"。一作"沧江"。③清尊：也作"清樽"。"樽"为古代酒器，"清樽"也代指清酒。湛（zhàn）：浓，深厚。也指澄清。芳：花，花草。

11. 入朝／洛堤／步月①

[唐] 上官仪

脉脉广川流，②　　　洛水含情缓缓流，

驱马历长洲。③　　　气定神闲过长洲。

鹊飞山月曙，④　　　鹊飞山月天微明，

蝉噪野风秋。⑤　　　寒蝉聒噪野风秋。

[注释] ①诗题又作"洛堤晓行"。洛堤：位于东都洛阳皇城外，是百官候朝的地方，因临洛水而得名。②脉（mò）脉：这里形容水流悠远绵长且饱含深情。广川：洛水。③历：经过。长洲：指洛堤。洛堤是官道，路面铺沙以便车马通行，所以比喻为"长洲"。④曙（shǔ）：天亮，天刚亮的时候。⑤噪：指虫鸟乱叫。

12. 终南／望余雪①

[唐] 祖咏

终南阴岭秀，②　　　终南山北风景秀，

积雪浮云端。　　　　积雪如在浮云端。

林表明霁色，③　　　林梢明净雪已住，

城中增暮寒。　　　　傍晚城中增寂寒。

[注释] ①终南：终南山。余雪：未融化的雪。②阴岭：北面的山岭。由于背向太阳，所以叫"阴岭"。③林表：林梢。霁（jì）：雨雪后天气转晴。

13. 赋得"自君之出矣"①

[唐] 张九龄

自君之出矣，   自夫君离家远行，

不复理残机。②   再无心思动织机。

思君如满月，③   想念如同圆满月，

夜夜减清辉。④   一夜一夜减光辉。

[注释] ①自君之出矣：乐府杂曲歌名。之：助词，无实义。矣：了，表示动作的完成。自君之出矣：自从夫君离开家以后。②不复：不再。理残机：打理残破的织机，指无心劳作。③满月：圆月，农历每月十五夜的月亮。④减：减弱。清辉：皎洁的月光。

14. 蕊珠岩①

[明] 宋濂

吟上蕊珠岩，②   吟咏登上蕊珠岩，

诗成不敢写。   诗成不敢付翰墨。

疑有绿毛仙，③   疑有得道绿毛仙，

洗髓梅花下。④   梅下洗髓脱尘凡。

[注释] ①这是宋濂《题玄麓山八景》的第八首。玄麓（lù）山：位于今浙江省金华市境内，又称"郑义门玄麓山"。蕊（ruǐ）珠岩：道家传说天上上清宫内有蕊珠宫，是神仙的居所。②吟：吟诗。③绿毛仙：传说，道士在深山修炼，不食人间烟火，天长日久，身上会长出绿毛。④洗髓（suǐ）：指道教所宣称的修道者洗去凡髓，换成仙骨。

15. 南楼望①

[唐] 卢僎

去国三巴远，②　　　离开都城去三巴，

登楼万里春。　　　登楼忽见万里春。

伤心江上客，③　　　浩渺江上伤心客，

不是故乡人。　　　没有一个故乡人。

[**注释**] ①诗题又作"南望楼"。②去国：这里指离开都城。三巴：巴郡、巴东、巴西。③客：客居他乡的人。

16. 逢／入京使①

[唐] 岑参

故园东望路漫漫，②　　　东望家乡，道路漫漫太遥远，

双袖龙钟泪不干。③　　　打湿双袖，泪涌滂沱还不干。

马上相逢无纸笔，　　　马上相逢，身上无纸又无笔，

凭君传语报平安。④　　　劳烦您啊，给我家人报平安。

[**注释**] ①入京使：进京的使者。②漫漫：长远、无际的样子。③龙钟：叠韵联绵字。《荀子·议兵》作"陇种"，唐人多作"龙钟"，取义很多。这里指沾濡湿润的样子，多形容泪水。卞和《退怨之歌》："空山欷歔泪龙钟。"④凭：托，靠。传语：传话，捎口信。

17. 饮湖上／初晴后雨①

[宋] 苏轼

水光潋滟晴方好，②   波光粼粼，晴天才正好，

山色空蒙雨亦奇。③   山色迷茫，雨天也称奇。

欲把西湖比西子，④   若把西湖，比作西施子，

淡妆浓抹总相宜。⑤   淡妆浓妆，都那么合宜。

[注释] ①苏轼《饮湖上初晴后雨》共两首，这是第二首。②潋滟（liànyàn）：形容水波荡漾。方好：正好，正美。③空蒙：混蒙迷茫的样子，多用来形容烟岚、雨雾等。蒙：一作"濛"。亦：也。奇：奇妙，奇特。④欲：如果，要。西子：西施。⑤总相宜（yí）：总是很合宜。

18. 竹石

[清] 郑燮

咬定青山不放松，①   咬紧青山不放松，

立根原在破岩中。②   原本扎根石缝中。

千磨万击还坚劲，③   千磨万击坚且硬，

任尔东西南北风。④   任你东西南北风。

[注释] ①咬定：咬紧。②立根：扎根。破岩：破裂的山岩，即岩石缝隙。③千磨万击：无数的磨难和打击。坚劲（jìng）：坚强有力，力量大。④任：任凭，不管。尔：你。

19. 题西林壁①

[宋] 苏轼

横看成岭侧成峰，②　　横看它成岭，侧看它成峰。

远近高低各不同。　　远近高低看，样貌各不同。

不识庐山真面目，③　　庐山真面目，为何看不懂？

只缘身在此山中。④　　只因眼界限，身在此山中。

[注释] ①题：书写，题写。西林：西林寺，在江西庐山西麓。题西林壁：写在西林寺的墙壁上。②横（héng）看：从正面看。庐山呈南北走向，横看就是从东向西看。侧：侧面。③不识：不能认识。真面目：指庐山真实的形态与美景。④缘：因为，由于。

20. 出塞

[唐] 王昌龄

秦时明月汉时关，　　依旧是秦时明月，汉时边关，

万里长征人未还。　　守边御敌的兵士，尚未回还。

但使龙城飞将在，①　　如果龙城的飞将，今还健在，

不教胡马度阴山。②　　不会让胡人骑兵，越过阴山。

[注释] 但使：只要，只要让。龙城飞将：指西汉大将卫青。《汉书·卫青霍去病传》："元光六年，拜为车骑将军，击匈奴，出上谷……青至笼城（师古曰："笼"读与"龙"同），斩首虏数百……唯青赐爵关内侯。"一说，"龙城飞将"指飞将军李广。②不教：不让。胡马：指侵扰中原的游牧民族骑兵。度：越过。

21. 从军行 ①

[唐] 王昌龄

青海长云暗雪山，②　　青海湖上，乌云笼罩着雪山，

孤城遥望玉门关。③　　站在孤城，遥望远方玉门关。

黄沙百战穿金甲，　　百战疆场之后，磨穿了盔甲，

不破楼兰终不还！④　　不击破犯境之敌，誓不归还！

[注释] ①这是王昌龄《从军行》的第四首。从军行：乐府旧题，多反映军旅辛苦生活。②青海：指青海湖。长（cháng）云：连绵不断的云。雪山：祁连山。③玉门关：在今甘肃敦煌西。一作"雁门关"。④破：一作"斩"。楼兰：这里泛指唐代西域少数民族政权。

22. 下第后／上／永崇高侍郎 ①

[唐] 高蟾

天上碧桃和露种，②　　天上的碧桃用露水种，

日边红杏倚云栽。③　　日边的红杏靠着云栽。

芙蓉生在秋江上，④　　荷花生在秋天的江畔，

不向东风怨未开。　　心中却不怨春风不来。

[注释] ①永崇：长安坊名。高侍郎：生平不详。据《唐才子传》，高蟾应试，屡屡不第。于是他作此诗，呈给主考官高侍郎。诗中用"碧桃"和"红杏"比喻进士及第的那些权贵子弟，以"和露种"和"倚云栽"暗指他们得到了考官的援引提携。高蟾虽然也想得到高侍郎的赏识，但诗写得意深而委婉，寓讽谏于和气之中。②天上：仙界。这里暗喻皇上和朝廷。碧桃：传说中，仙界有碧桃。和（hé）：调和。③倚（yǐ）云：靠着云。④芙蓉（fúróng）：荷花。

23. 观书有感①

[宋] 朱熹

半亩方塘一鉴开，②　　半亩的方塘，如镜子一般打开，

天光云影共徘徊。③　　天光与云影，在水面浮动徘徊。

问渠那得清如许？④　　要问为什么，它能这样地清澈？

为有源头活水来。⑤　　因为有源头，不断把活水送来。

[注释] ①这是朱熹《观书有感二首》中的第一首。②方塘：又称"半亩塘"，在今福建省三明市尤溪县城南郑义斋馆舍（后为南溪书院）内。鉴：镜。本为古代青铜器名，形似大盆。上古时没有镜子，古人常盛水于鉴，用来照影。战国以后制作青铜镜之风渐盛，镜即沿袭称为"鉴"。青铜镜常用"镜袱"包裹，用时打开。③徘徊（páihuái）：往返回旋的样子。④渠：这里指方塘。那：通"哪"。清如许：这样清澈。⑤源头活水：比喻知识是不断更新和发展的，只有不断学习，才能使自己永葆活力，如同不断有水源头的活水注入一样。

24. 雪梅①

[宋] 卢钺

梅雪争春未肯降，②　　梅雪互争春光，都不肯服输，

骚人阁笔费平章。③　　诗人难评高下，只得搁笔想。

梅须逊雪三分白，　　若说颜色，梅低于雪三分白，

雪却输梅一段香。　　要论气味，雪却输梅一缕香。

[注释] ① 2016 年开始由教育部组织编写的小学语文课本题本诗作者为卢钺。《千家诗》题本诗作者为卢梅坡。其《雪梅》共两首，这是第一首。②降（xiáng）：投降，服输。③骚（sāo）人：诗人。自屈原作《离骚》以来，作诗者多仿效《离骚》，故称"骚人"。阁笔：放下笔。阁（gē）：同"搁"，搁下，放下。评章：评议。这里指评议梅与雪的高下。《千家诗》作"平（pián）章"，意思是：辨别彰显，分辨明白。典出《尚书·尧典》："平章百姓。"

25．画鸡

[明] 唐寅

头上红冠不用裁，①

头上红帽不用剪裁，

满身雪白走将来。②

满身雪白走了过来。

平生不敢轻言语，③

平时不敢轻易鸣叫，

一叫千门万户开。④

一旦长啼家家门开。

[注释] ①冠（guān）：帽子。裁（cái）：裁制，剪裁。②将（jiāng）：助词，用在动词和来、去等表示趋向的补语之间（在本诗中，用在"走"这个动词和"来"这个表示趋向的补语之间）。③平生：平时，平素。轻：轻易，随便。④一：一旦。千门万户：指众多的人家。开：开门。雄鸡报晓，人们起床，打开门，开始新的一天。

26. 赠孟浩然

[唐] 李白

吾爱孟夫子，风流天下闻。 ①

我所深爱的孟浩然，风流倜傥天下闻名。

红颜弃轩冕，白首卧松云。 ②

少时不爱车马冠冕，高龄归隐身卧松云。

醉月频中圣，迷花不事君。 ③

月夜常常酣酒大醉，迷恋花草不去侍君。

高山安可仰？徒此揖清芬。 ④

品似高山岂可仰望？只得在此敬他德馨。

[注释] ①孟夫子：指孟浩然。夫子：古代男子的尊称。风流：英俊，杰出，风度。②红颜：指少年。弃轩冕（xuānmiǎn）：鄙弃功名富贵。轩冕：卿大夫的车服，代指官位爵禄。白首：白头，指老年。卧松云：比喻隐居山林。③中（zhòng）圣：指醉酒。《三国志·魏书》："魏国初建，（徐邈）为尚书郎。时科禁酒，而邈私饮至于沉醉。校事赵达问以曹事，邈曰：'中圣人。'"迷花：迷恋花草。这里指陶醉于自然美景。事君：侍奉皇帝。④高山：指孟浩然品格高尚，令人敬仰。徒此：只在此。揖（yī）：作揖，古时拱手礼，表示敬意。清芬：等于说"清香"，比喻德行高洁。

27. 过故人庄①

[唐] 孟浩然

故人具鸡黍，邀我至田家。②

老友备好鸡与黍，邀我到田舍做客。

绿树村边合，青山郭外斜。③

绿树村边相萦绕，青山横斜田舍外。

开轩面场圃，把酒话桑麻。④

开窗望见场与圃，把酒闲话桑与麻。

待到重阳日，还来就菊花。⑤

待到九九重阳日，邀我再来赏菊花。

[注释] ①过：探望，拜访。故人庄：老朋友的田庄。庄：田庄。②具：置办，准备。黍：黄米，古人认为是上好的粮食。鸡黍：鸡与黄米饭。这里泛指农家待客的丰盛饭食。邀（yāo）：邀请。③合：围绕，环绕。郭：这里指村庄的外墙。④开：开启。轩：窗户。面：面对。场（cháng）：平整的场地，在上面收谷物，打粮食。圃（pǔ）：种植蔬菜、瓜果、花草的园地。场圃：打谷场和菜园。把（bǎ）酒：端着酒具，指饮酒。把：拿起，端起。话桑麻：谈论农事。桑麻：桑树和麻，泛指庄稼。⑤就菊花：指赏菊，饮菊花酒。

28. 闻官军收河南河北①

[唐] 杜甫

剑外忽传收蓟北，初闻涕泪满衣裳。②

剑门关之外，忽闻蓟北复，初听喜而泣，泪水满衣裳。

却看妻子愁何在？漫卷诗书喜欲狂。③

回头看妻儿，愁颜哪还在？忙收拾诗书，欢喜欲发狂。

白日放歌须纵酒，青春作伴好还乡。④

日高放声唱，当痛饮美酒，春光相陪伴，正好回故乡。

即从巴峡穿巫峡，便下襄阳向洛阳。⑤

即刻动身吧，巴峡到巫峡，到了襄阳后，赶紧回洛阳。

[注释] ①闻：听说。官军：指唐军。诗题又作"闻官军收两河"。②剑外：剑门关以外。杜甫当时在梓州，所以这样说。剑门关又名剑阁，在今四川省剑阁县境内，因剑门山而得名，是大剑山与小剑山之间的栈道，关口极为险峻。蓟（jì）北：指唐代幽州、蓟州一带，是安史之乱的策源地和叛军的根据地。③却看：回头看。妻子（zǐ）：古代指妻子和孩子，"子"读三声（上声），不可读轻声。愁何在：愁在哪？哪里还有一点忧愁？漫卷（juǎn）：胡乱地卷起。喜欲狂：高兴得简直要发狂。④放歌：放声高歌。须：应当。纵酒：开怀畅饮。青春：指大好春光，明媚的春光。⑤即：立即，马上。巫峡：长江三峡之一。便：就。襄（xiāng）阳：今属湖北省。洛阳：今属河南省。诗末原注："余田园在东京。"东京即洛阳。

29. 潇湘神·湘水流①

[唐]刘禹锡

湘水流，

湘 水 流 ，

湘水流，

湘 水 流 ，

九疑云雾至今愁。②

九疑山的云雾，至今令人愁。

君问二妃何处所？③

您问：娥皇、女英在哪里？

零陵香草露中秋。④

就在零陵香草、白露中的秋。

[注释] ①这是刘禹锡拟民歌体而作的诗，共两首。此为第一首。潇湘：相当于说"清深的湘水"。旧诗文中，多称湘水为潇湘。也指潇水与湘水的并称，或泛指今湖南省。潇湘神：湘妃。传说舜帝南巡，死后葬于九疑。他的两个妃子娥皇、女英追来，泪洒竹上，留下斑斑痕迹，然后跳进湘水，成为湘水之神。②九疑：九疑山，又作"九嶷山"。相传舜葬在这里。③二妃（fēi）：舜的两个妃子娥皇与女英。何处所：何所在，在哪里。④零陵：在今湖南省永州市宁远县东南。《史记·五帝本纪第一》："（舜）南巡狩，崩于苍梧之野，葬于江南九疑，是为零陵。"

30. 潇湘神·斑竹枝

[唐] 刘禹锡

斑竹枝，①

斑竹枝，

斑竹枝，

斑竹枝，

泪痕点点寄相思。

泪痕点点寄托着相思。

楚客欲听瑶瑟怨，②

游子想听幽怨的瑶瑟，

潇湘深夜月明时。

要在潇湘深夜月明时。

[注释] ①斑竹：又名"湘妃竹""泪竹"或"湘竹"，是稀有的竹种，产于湖南、广西。传说舜帝的妃子娥皇与女英，千里追寻舜帝，听说舜帝已崩，抱竹痛哭，流泪成血，落在竹子上形成斑点，因而得名。②楚客：有两层含义，一是特指屈原。二是泛指客居他乡的人。根据词意，这里指客居他乡的人，指诗人自己。瑶瑟（yáosè）：用玉装饰的瑟。瑟：古代拨弦乐器，形似琴，有二十五根弦。

365
夜古诗词

第12辑

1. 登鹳雀楼①

[唐] 畅当

迥临飞鸟上，②　　登楼远眺，人在飞鸟之上，

高出世尘间。③　　意境清雅，远离尘世之间。

天势围平野，④　　天势浩荡，笼罩平坦原野，

河流入断山。⑤　　长河奔腾，穿流峻岭崇山。

[注释] ①畅当的这首诗在宋代颇受好评，常被拿来与王之涣的同名诗作并举共赏。②迥（jiǒng）：远。第一句写鹳雀楼比飞鸟所及之处还要高出很多。③世尘：尘世。④平野：平坦开阔的原野。⑤断山：高耸陡立的山。

2. 栾家濑①

[唐] 王维

飒飒秋雨中，②　　秋雨飘洒声沙沙，

浅浅石溜泻。③　　石上湍流响哗哗。

跳波自相溅，④　　波浪翻腾时飞溅，

白鹭惊复下。⑤　　白鹭受惊飞又下。

[注释] ①栾家濑（lài）：辋川二十景之一。这是王维《辋川集》绝句二十首中的第十三首。②飒（sà）飒：拟声词，风吹动树木枝叶的声音。③浅浅（jiānjiān）：水流急速的样子。溜（liù）：小股水流。石溜：石上的小股急流。④跳波：跳跃翻腾的波浪。⑤复：又。

3. 栾家濑①

[唐] 裴迪

濑声喧极浦，②   濑声喧闹至浦头，

沿涉向南津。③   顺流而行向南津。

泛泛鸥凫渡，④   水波荡漾鸥鸟渡，

时时欲近人。   不时怯怯想近人。

[注释] ①本诗为王维《栾家濑》的和（hè）诗。②极：尽头。③沿涉（shè）：顺流而行。涉：步行渡水，也泛指渡水。津：渡口。④泛泛：漂浮的样子。鸥：一种水鸟，头大，嘴扁平，前趾有蹼。凫（fú）：野鸭。鸥凫：泛指水鸟。

4. 答/裴迪/辋口遇雨/忆终南山之作①

[唐] 王维

淼淼寒流广，②   水流浩荡又清冷，漫山遍地，

苍苍秋雨晦。③   秋雨茫茫无边际，天昏地暗。

君问终南山，   既然你打听的是终南山的事，

心知白云外。   我便知道你的心在白云那边。

[注释] ①辋口：辋谷口。裴迪之诗《辋口遇雨忆终南山因献王维》："积雨晦空曲，平沙灭浮彩。辋水去悠悠，南山复何在？"本诗即为答此诗而作。②淼（miǎo）淼：茫茫一片，形容水面辽阔的样子。寒流：清冷的流水。③苍苍：形容茫无边际的样子。晦（huì）：昏暗。

5. 留别王维

[唐] 崔兴宗

驻马欲分襟，① 　停下马来就要别离，

清寒御沟上。② 　在清冷的御沟之上。

前山景气佳，③ 　前山景致是那么好，

独往还惆怅。④ 　独去还是感到忧伤。

[注释] ①分襟（jīn）：类似"分袂（mèi）"，指别离。②御沟：流经宫内的水道，也称"杨沟""羊沟"。③景气：景象，景致。④惆怅（chóuchàng）：因失意而伤感、懊恼。

6. 逢雪/宿/芙蓉山主人 ①

[唐] 刘长卿

日暮苍山远，　暮色苍茫，更觉苍山悠远，

天寒白屋贫。② 　天寒地冻，愈显茅屋清贫。

柴门闻犬吠，③ 　柴门简朴，内有家犬吠叫，

风雪夜归人。　风雪之夜，迎来夜归之人。

[注释] ①逢：遇上。宿（sù）：住宿。②白屋：古代平民的住房不进行彩绘，故称"白屋"。一说指以白茅覆盖的房屋。③犬吠（fèi）：狗叫。

7. 过／三闾庙①

[唐] 戴叔伦

沅湘流不尽，② 　沅江湘江，江水流不尽，

屈子怨何深！③ 　屈子怨恨，好似江水深！

日暮秋烟起， 　暮色苍茫，秋烟笼江面，

萧萧枫树林。④ 　金风萧萧，吹动枫树林。

[注释]①三闾(lú)庙：屈原庙。因屈原曾任三闾大夫而得名。②沅(yuán)湘(xiāng)：沅江和湘江。③屈子：屈原。本句用了比喻的手法，意思是说，屈原的怨恨好似沅江、湘江的水一样深。④萧萧：风吹树木发出的响声。"日暮秋烟起，萧萧枫树林"二句，化用了屈原的诗句。《九歌》："袅袅兮秋风，洞庭波兮木叶下。"《招魂》："湛湛江水兮上有枫，目极千里兮伤春心。魂兮归来哀江南！"

8. 忆梅

[唐] 李商隐

定定住天涯，① 　久住此地似天涯，

依依向物华。② 　流连春色爱春花。

寒梅最堪恨，③ 　寒梅实是最可恨，

长作去年花。 　年年皆作去年花。

[注释]①定定：死死地，牢牢地。"定定"以民间俗语入诗，却颇有雅致。②依依：指恋恋不舍的样子。物华：自然景色。③堪：可，能。

9. 铜官山／醉后绝句 ①

[唐] 李白

我爱铜官乐，　　　　　我爱铜官无穷乐，

千年未拟还。 ②　　　　住此千年不思还。

要须回舞袖， ③　　　　必当日日舞长袖，

拂尽五松山。 ④　　　　拂遍茫茫五松山。

[注释] ①铜官山：在今安徽省铜陵市，盛产铜及其他有色金属。唐朝时在此设置"铜官冶""铜官场"，铜官山由此得名。②拟（nǐ）：想，打算。未拟还：指留恋铜官山，不想回去。③要须：必须，需要。回：转。④五松山：位于今安徽省铜陵市东南，南仰铜官山。

10. 洛阳陌 ①

[唐] 李白

白玉谁家郎， ②　　　　谁家少年白玉郎，

回车渡天津？ ③　　　　飘逸回车过天津？

看花东上陌， ④　　　　东陌之上赏春花，

惊动洛阳人。 ⑤　　　　惊动满街洛阳人。

[注释] ①洛阳陌（mò）：古乐曲名，属横吹曲辞，又名"洛阳道"。②白玉：比喻面目白皙如玉。白玉谁家郎：用的是西晋文人潘岳典故。《晋书·潘岳传》："（潘）岳美姿仪，辞藻绝丽，尤善为哀诔之文。少时常挟弹出洛阳道，妇人遇之者，皆连手萦绕，投之以果，遂满车而归。"③天津（jīn）：天津桥，在洛水上，隋唐时为风景名胜。④东上陌（mò）：东陌，洛阳城东的大道，桃李成行；阳春时节，城中男女多去看花。⑤惊动洛阳人：仍用了上述潘岳典故。本诗虽然是通过写白玉郎在东陌看花时惊动了洛阳人，以此赞美洛阳令人流连忘返，实际上是通过"谁家郎"的春风得意，与诗人的怀才不遇作对比。

11. 途中口号

[唐] 卢僎

抱玉三朝楚，^①　和氏抱璞玉，三次献楚王，

怀书十上秦。^②　苏秦怀奇策，十回入嬴秦。

年年洛阳陌，^③　年年洛阳陌，都有白玉郎，

花鸟弄归人。^④　花鸟都嘲弄，失意回乡人。

[注释] ①朝（cháo）：臣子上朝觐（jìn）见帝王。楚：这里指楚王。据《韩非子》，楚人和氏得到玉璞（pú），先后献给楚厉王、武王。二王都认为那是石头，先后断去和氏两足。最后，楚文王叫人剖开玉石，终于得了美玉。②怀书十上秦：据《战国策·秦策》，苏秦上书游说秦王，书上十次而不被采纳。③年年洛阳陌：化用了李白的五言绝句《洛阳陌》。④归人：怀才不遇、失意而归的人。

12. 答武陵田太守^①

[唐] 王昌龄

仗剑行千里，^②　身佩宝剑，我将远行千里，

微躯敢一言。^③　敝人斗胆，进献一言给您。

曾为大梁客，^④　在武陵时我曾做您的门客，

不负信陵恩。^⑤　决不负您信陵君般的大恩。

[注释] ①诗题又作"留别武陵田太守"。武陵：今湖南省常德市境内。田太守：田姓太守，生平不详。②仗剑：持剑。仗：一作"按"。③微躯：指自己微贱的身躯，自谦之词。④大梁：战国时期魏国的都城，在今河南省开封市。大梁客：信陵君的门客，为信陵君效力的人。这里代指诗人自己。⑤信陵：今河南商丘市宁陵县。这里代指魏国的信陵君魏无忌。信陵君曾养食客三千人，以礼贤下士闻名于世。信陵恩：指信陵君礼贤下士的恩情。这里代指武陵田太守对诗人的恩惠。

13. 昭君怨 ①

[唐] 东方虬

汉道方全盛，②   汉朝国运正全盛，

朝廷足武臣。③   满朝尽是威武臣。

何须薄命妾，④   何劳柔弱薄命女，

辛苦事和亲？⑤   含辛茹苦去和亲？

[注释] ①诗题又作"王昭君"。昭君怨是唐代教坊琴曲名，多用来歌咏王昭君。东方虬（qiú）《昭君怨》共三首，这是第一首。昭君：姓王，名嫱，汉元帝时被选入宫，后因和亲而远嫁匈奴。②汉道：汉代的道统、国运。方：正。③足：充分，够量。武臣：武官，武将。④薄命：天命短促，命运不好。这是古代迷信的说法。⑤事：做（某件事情）。和亲：与敌议和，结为姻亲。

14. 蚕妇 ①

[宋] 张俞

昨日入城市，②   昨天前往城市赶集，

归来泪满巾。③   回来泪水湿了衣巾。

遍身罗绮者，④   那全身绫罗绸缎的，

不是养蚕人。   并非养蚕织锦之人。

[注释] ①蚕妇：养蚕的妇女。②城市：人口密集、工商业发达的地方。③泪满巾：泪水打湿了衣巾。④罗绮（qǐ）：罗与绮。罗：质地轻软、经纬组织显椒眼纹的丝织品。绮：素地织纹起花的丝织物。这里代指绫罗绸缎。

15. 陶者①

[宋] 梅尧臣

陶尽门前土，② 烧瓦匠人挖光了门前的土，

屋上无片瓦。 自家的屋顶却没有半片瓦。

十指不沾泥， 富贵人家十指连泥也不沾，

鳞鳞居大厦。③ 竟住鱼鳞瓦顶的高楼大厦。

[注释] ①陶者：泛指烧制陶器的人。诗中指烧瓦匠人。②陶：挖掘。③鳞（lín）鳞：同"鳞比"，指排列如鱼鳞，繁多且紧密。大厦（shà）：高大的屋子。

16. 芙蓉楼 / 送 / 辛渐①

[唐] 王昌龄

寒雨连江夜入吴，② 冷雨连着江面，夜降在吴域，

平明送客楚山孤。③ 天明送你，面对楚山倍感孤。

洛阳亲友如相问， 洛阳的亲友们，如果问起我，

一片冰心在玉壶。④ 就说我冰心一片，如在玉壶。

[注释] ①芙蓉楼：原名"西北楼"，在润州（今江苏省镇江市）西北。辛渐：诗人的朋友。②寒雨：秋冬时节的冷雨。连江：雨水与江面连成一片，形容雨很大。吴：这里泛指长江中下游一带。③平明：天亮的时候。客：这里指诗人的好友辛渐。楚山：楚地的山。这里的楚也指南京一带。因为古代吴、楚先后统治过这里，所以吴、楚可以通称。孤：独自，孤单一人。④冰心：比喻心地清明纯洁，表里如一。玉壶：本义是玉制的壶，用来比喻高洁的胸怀。

17. 嫦娥 ①

[唐] 李商隐

云母屏风烛影深，②　　云母屏风上，烛影渐渐深，

长河渐落晓星沉。③　　银河渐斜落，晨星将隐没。

嫦娥应悔偷灵药，　　嫦娥应后悔，偷吃灵丹药，

碧海青天夜夜心。④　　碧海青天上，夜夜孤寂心。

[注释] ①嫦娥：初见于《山海经·大荒西经》，作"常义"；《淮南子·览冥》《太平御览》皆作"姮娥"。《搜神记》作"嫦娥"。按：义、仪、宜、娥，四字古音同。②云母：一种矿物，晶体透明有光泽，古人常用来装饰屏风。云母屏（píng）风：用云母装饰的屏风。③长河：银河。落：本指河水水位下降，这里指银河从明到暗渐渐隐去。晓（xiǎo）星：拂晓的星星。沉：指星星因天色渐亮而逐渐消失不见。④碧海青天：碧色的海，青色的天。碧海青天夜夜心：嫦娥夜夜只能看到这种景物，描写嫦娥单调枯燥的生活。

18. 赠花卿 ①

[唐] 杜甫

锦城丝管日纷纷，②　　锦城丝管日日奏纷纷，

半入江风半入云。③　　乐声飞入江风飞入云。

此曲只应天上有，④　　乐曲悠扬只应天上有，

人间能得几回闻？⑤　　在人间能有几回听闻？

[注释] ①花卿：指花敬定，唐朝武将，曾平定段子璋之乱。卿：古代对别人的尊称。②锦城：锦官城。丝管：弦乐器和管乐器，这里泛指音乐。纷纷：繁多纷乱。这里形容音乐"繁盛"。③半：不是确指。④天上有：比喻"仙乐"。⑤闻：听到。

19. 己亥杂诗 ①

[清] 龚自珍

九州生气恃风雷，②　　中国中兴，要靠疾风和迅雷，

万马齐喑究可哀。③　　举国消沉，毕竟是一种悲哀。

我劝天公重抖擞，④　　我劝天公，一定要重振精神，

不拘一格降人材。⑤　　多种多样，降下更多的人才。

[注释] ①己亥：中国传统干支纪年中一个循环的第三十六年，称"己亥年"。《己亥杂诗》作于清道光十九年己亥（1839 年）。②生气：生气勃勃的局面。恃（shì）：依靠。风雷：疾风迅雷般的社会变革。③喑（yīn）：没有声音。万马齐喑：比喻社会政局毫无生气。究：终究，毕竟。④天公：指造物主。重：重新。抖擞（sǒu）：振作精神。⑤拘：拘泥，束缚。降：降生，降下。

20. 望洞庭

[唐] 刘禹锡

湖光秋月两相和，①　　湖光与秋月，两两正谐和，

潭面无风镜未磨。②　　潭面寂无风，隐约镜未磨。

遥望洞庭山水翠，③　　遥望洞庭湖，青山与翠波，

白银盘里一青螺。④　　宛如白银盘，盘上有青螺。

[注释] ①湖光：湖面的波光。和：和谐，契合。两相和：指水色与月光交相辉映。②潭（tán）面：指湖面。镜未磨：古人的镜子用铜制作并磨成，未磨之镜映物模糊不清，故"镜未磨"是指远望湖中的景物隐约不清。③山：指洞庭湖中的君山。④白银盘：形容洞庭湖面平静而清澈。青螺（luó）：青色的螺。这里代指洞庭湖中的君山。

21. 浪淘沙①

［唐］刘禹锡

九曲黄河万里沙，② 黄河九道弯，裹挟万里沙，

浪淘风簸自天涯。③ 浪淘又风摇，起始自天涯。

如今直上银河去， 如今飞冲天，直至银河达，

同到牵牛织女家。④ 一同去做客，牵牛织女家。

[注释] ①刘禹锡《浪淘沙》共九首，这是第一首。②曲（qū）：弯曲，不直。九曲（qū）：自古相传黄河有九道弯。万里沙：黄河流经各地时挟带大量泥沙，"万里"是夸张的说法。③浪淘（táo）：波浪淘洗。簸（bǒ）：颠动，摇晃。自天涯：从天边。④牵牛织女：银河系的两个星座。

22. 蜂

［唐］罗隐

不论平地与山尖，① 不论在平地，还是高山，

无限风光尽被占。② 无限的风光，它都已观。

采得百花成蜜后， 采尽了百花，酿成花蜜，

为谁辛苦为谁甜？ 为谁而辛苦，又为谁甜？

[注释] ①山尖：山峰。②尽：全，都。占（zhān）：审视、观看、观察的意思。

23. 雪梅 ①

[宋] 卢钺

有梅无雪不精神，　　　　　有梅而无雪，其态不精神，

有雪无诗俗了人。　　　　　有雪而无诗，其品俗了人。

日暮诗成天又雪，　　　　　日暮诗方成，天又降下雪，

与梅并作十分春。 ②　　　　兼有梅花开，并作完美春。

[注释] ①这是卢钺《雪梅》的第二首。②十分春：完美的春天，没有缺陷的春天。
十分：已达极度。

24. 墨梅 ①

[元] 王冕

我家洗砚池头树， ②　　　　我家洗砚池，梅树生池头。

朵朵花开淡墨痕。 ③　　　　梅花朵朵开，淡淡墨痕现。

不要人夸好颜色，　　　　　花朵好颜色，不需他人夸。

只留清气满乾坤。 ④　　　　只留清香气，弥漫天地间。

[注释] ①墨梅：以水墨画的梅花。一说，墨梅为梅花的一种，淡墨色，是梅中珍品。
②我家：指晋代书法家王羲之的家。一作"吾家"。因与王羲之同姓，所以王冕这样说。
洗砚池：池名。相传在晋代王羲之旧宅。宋苏易简《文房四谱·三》："越州戒珠寺，
即羲之宅，有洗砚池，至今水常黑色。"头：端，边。③朵朵：一作"个个"。淡墨：
水墨画中技法或墨色的一种。这里形容梅花是用淡淡的墨迹画成的。④留：一作"流"。
"流"有流传、传布的意思。乾坤：天地。

25. 梅 ①

[宋] 王淇

不受尘埃半点侵，② 不受尘埃的半点污侵，

竹篱茅舍自甘心。 竹篱茅舍旁活得甘心。

只因误识林和靖，③ 只因错误结识林和靖，

惹得诗人说到今。 惹得诗人议论直到今。

[注释] ①诗题又作"梅花"。②尘埃：尘土，泛指世间的污浊之物。侵：侵蚀，沾染。③林和靖（jìng）：林逋（bū），字和靖，北宋初年著名的隐逸诗人，终生不仕、不娶，只喜欢植梅养鹤，称"梅妻鹤子"。他的七律《山园小梅》脍炙人口，其中的"疏影横斜水清浅，暗香浮动月黄昏"更是成为千古绝唱。

26. 浪淘沙 ①

[唐] 刘禹锡

八月涛声吼地来，② 八月涛声急，吼地滚滚飞，

头高数丈触山回。③ 浪高达数丈，触山调转回。

须臾却入海门去，④ 片刻莫知处，忽向海门归，

卷起沙堆似雪堆。 卷起白沙堆，好似大雪堆。

[注释] ①刘禹锡《浪淘沙》共九首，这是第七首。②八月涛声：每年的农历八月十八钱塘江潮水最大，怒涛奔涌，汹涌澎湃，蔚为壮观。③回：调转。④须臾（yú）：片刻。海门：海口，内河通海之处。

27. 稚子弄冰①

[宋] 杨万里

稚子金盆脱晓冰，②　小儿铜盆挖取晨冰，

彩丝穿取当银钲。③　彩丝穿上当作银钲。

敲成玉磬穿林响，　敲出磬声穿林鸣响，

忽作玻璃碎地声。　忽作玻璃碎地之声。

[注释] ①稚（zhì）子：幼子，小孩子。弄：玩弄，游戏。②金盆：指铜盆。脱晓冰：这里指儿童早晨起来，从结成冰的铜盆里剜取冰。③钲（zhēng）：锣，或像锣的古代乐器。形如铜盘。④磬（qìng）：古代打击乐器，用石或玉制成，形状大多似曲尺，钻有一孔，穿绳悬挂，木槌敲击发音。⑤玻璃：古代所说的玻璃，大抵指天然水晶石一类，不是后世人工所造的玻璃。

28. 采薇（节选）

《诗经·小雅》

昔我往矣，杨柳依依。①　回想出征时，杨柳随风吹。

今我来思，雨雪霏霏。②　如今归途中，大雪满天飞。

行道迟迟，载渴载饥。③　泥路难行走，口渴腹中饥。

我心伤悲，莫知我哀！　无人能体会，我心之伤悲。

[注释] ①杨柳：蒲柳，一种柳树。依依：柳树枝条茂盛随风飘拂的样子。②来：归来，回家。思：语气词，无实义。"来思"与"往矣"对文。雨雪：下雪。雨，作动词用。霏（fēi）霏：雪花纷纷飘飞的样子。③行道迟迟：士兵征战疲乏，走路缓慢的样子。载（zài）：词缀，嵌在动词前边。

29. 七律·长征

毛泽东

红军不怕远征难，万水千山只等闲。 ①

红军浑不怕，远征多艰难，万水与千山，轻松视等闲。

五岭逶迤腾细浪，乌蒙磅礴走泥丸。 ②

五岭如微浪，飞腾涌向前，乌蒙宏伟壮，仅是滚泥丸。

金沙水拍云崖暖，大渡桥横铁索寒。 ③

金沙浊浪高，拍击悬崖暖，大渡横桥险，铁索晃摇寒。

更喜岷山千里雪，三军过后尽开颜。 ④

更踏千里雪，欣喜登岷山，三军翻越后，无不笑开颜。

[注释] ①难（nán）：不容易。等闲：寻常，随便。②五岭：指大庾、骑田、都庞、萌渚、越城五岭，横亘于江西、湖南与两广之间。逶迤（wēiyí）：曲折宛转的样子。细浪：微小的浪花。乌蒙：山名，在今云南省禄劝县东北。磅礴（pángbó）：广大无边的样子，宏伟的样子。泥丸：泥制的弹丸。③金沙：金沙江。云崖：指高耸入云的悬崖。云崖暖：浪花拍打悬崖峭壁而溅起水雾。大渡桥：四川省泸定县大渡河上的泸定桥。铁索：泸定桥由十三根铁索组成，上铺木板。红军到达时，木板已被敌人拆掉。④岷（mín）山：我国西部的大山，绵延于四川、青海、甘肃、陕西之间。三军：作者自注"红军一方面军、二方面军、四方面军"。开颜：喜悦，欢笑。

30. 菩萨蛮·大柏地①

毛泽东

赤橙黄绿青蓝紫，②
赤橙黄绿青蓝紫，

谁持彩练当空舞？③
谁持彩绢空中舞？

雨后复斜阳，④
雨后又斜阳，

关山阵阵苍。⑤
群山阵阵苍。

当年鏖战急，⑥
当年苦战急，

弹洞前村壁。⑦
弹洞满布前村壁。

装点此关山，⑧
装点此群山，

今朝更好看。⑨
如今更好看。

[注释] ①菩萨蛮：又作"菩萨鬘"，原为唐代教坊曲名。此调为双调，以五七言组成，四十四字，上下片均两仄韵转两平韵。大柏（bǎi）地：位于今江西省瑞金市北部。②赤橙黄绿青蓝紫：指彩虹的七种颜色。③彩练：彩色的绢带，比喻彩虹。练：白色的熟绢。当（dāng）空：在空中，在上空。④雨后复斜阳：化用自唐代温庭筠《菩萨蛮·南园满地堆轻絮》"雨后却斜阳"句。复：又。⑤关山：关隘山岭，这里泛指附近的群山。阵阵：军队作战时连续布列的阵型。苍：青黑色。⑥鏖（áo）战：酣战，苦战。鏖：激烈苦战。⑦弹洞：枪眼，子弹射出的洞。"洞"作为动词理解也通，指"洞穿"。前村：前面的村庄。⑧装点：布置点缀。⑨今朝（zhāo）：如今，今天。看（kān）：根据格律，此处应读平声。

31. 卜算子·咏梅

毛泽东

读陆游《咏梅》词②，反其意而用之③。

风雨送春归，

风雨送春回归，

飞雪迎春到。

飞雪迎春又到。

已是悬崖百丈冰，④

悬崖已是百丈寒冰，

犹有花枝俏。⑤

仍有花枝俊俏。

俏也不争春，

俏也不争春光，

只把春来报。

只把春信来报。

待到山花烂漫时，⑥

待到山花遍野之时，

她在丛中笑。

她在花丛中笑。

[注释]①卜算子：词牌，又名"百尺楼""楚天遥""眉峰碧"等，北宋时盛行。清代学者万树《词律》认为，此词牌名取义于"卖卜算命之人"。双调，四十四字，上下片各两仄韵。②陆游《卜算子·咏梅》："驿外断桥边，寂寞开无主。已是黄昏独自愁，更著风和雨。无意苦争春，一任群芳妒。零落成泥碾作尘，只有香如故。"③反其意而用之：本词用陆游原调、原题，但情绪却完全相反。④百丈冰：夸张的说法，形容极其寒冷。⑤俏（qiào）：美好，苗条。⑥烂漫：焕发，分布。